目次

第一章　縁　談

一

暮六つ（午後六時）の鐘が鳴ると同時に、井原伊十郎は室町三丁目の浮世小路にある料理屋の門を潜った。

奉行所で、上役の年番方与力の高木文左衛門から話があると誘われたのである。

伊十郎は北町奉行所定町廻り同心である。奉行所では言えないお小言を頂戴するかもしれないと覚悟をして、仲居に案内され座敷に通された。

だが、高木文左衛門はいなかった。

「高木さまはまだか」

伊十郎は仲居に訊ねた。

「別のお座敷にいらっしゃっております」

「別の座敷？」

「はい。しばらく、こちらでお過ごしくださいとのことでございます」

なんとなく、腑に落ちなかった。

仲居が酒膳を運んで来た。

「どうぞ」

仲居が酌をする。

「高木さまはどなたかとお会いしているのか」

「はい」

「どなただ？」

「お武家さまでございます。さあ、もうひとつ」

伊十郎は酒を呑み干してから盃を差しだした。

いったい、どんな用件か、伊十郎は考えた。特に問題となることはやっていないはずだが、自信はない。気がつかないうちに何か仕出かしていたかもしれない。質屋の旦那の妾とのことか。質屋の旦那が来ない日に家に上がり込んでいたが、いきなり旦那と鉢合わせしてばつの悪い思いをしたことがあった。あの旦那が奉行所に訴えたか。しかし、あれはひと月以上も前のことだ。

すると、あの後家とのことか……。いや、そんなはずはない。あれも、だいぶ前のことだ。

最近は心を入れ換え、女にうつつを抜かすようなことはしていないのだ。どうもわからん、と伊十郎は不安が拭えない。

伊十郎は眉が濃く、切れ長の目は鋭い。鼻筋が通っていて、自分では満更でもない顔だちだと思っている。だが、どういうわけか若い女には縁がない。

伊十郎に近寄って来るのは水商売の女だとか妾だとか、あるいは後家だとか、男を知っている女たちだった。

伊十郎はおしゃれである。財布、煙草入れなどの小物にも凝っている。伊十郎には危険な匂いを感じるらしい。それが酸いも甘いも嚙みわけた年増には魅力的に映り、初な娘たちからは女たらしのように思われるのかもしれない。

また、伊十郎もそういった女たちのほうに惹かれた。だから、これまでにも妾や後家、あるいは芸者などとつきあった。

あれこれ考えていると、ようやく高木文左衛門がやって来た。伊十郎はあわてて居住まいを正した。

「高木さま。お待ち申しておりました」

待たされたことを、厭味混じりに言う。

「うむ。ごくろう」

文左衛門は意に介さず応じ、上座に座ってから、仲居に席を外させた。

「来てもらったのは他でもない」

「はっ」

伊十郎は何を言われるかと緊張した。

「井原伊十郎。嫁をもらえ」

「はっ?」

伊十郎は覚えず問い返した。

「嫁だ。妻帯せよというのだ」

「妻帯?」

高木文左衛門の話は予想外のものだった。

三十三歳になるが、伊十郎はまだ独り身だった。今日まで妻帯しなかったのは、嫁にしたいような女に巡り合えなかったせいもあるが、独り身のほうが気が楽だったからだ。

「いつまでも独りでいるのはよくない」

文左衛門は真顔で言う。

「しかし」

反論しようとする伊十郎の言を押さえつけて、

「じつは五百石取りの旗本柳本為右衛門さまのご息女の百合どのという方がおられてな。歳は二十二歳だ」

「二十二まで嫁に行かなかったのですか」

「いや。一度、嫁いでおる」

「出戻り？」

伊十郎は素っ頓狂な声を上げた。

「いや。出戻りだが、絶世の美女だそうだ」

「高木さまは百合どのをご覧になったことはないのですね」

「ない。だが、周囲の評判は聞いている」

美女というのは眉唾物だ。おそらく、柳本為右衛門は出戻りの娘の扱いに困り、高木文左衛門に相談したのだろう。ようするに、やっかい者を押しつけようというのだ。

「異存はないいな」

「とんでもない。私はまだ嫁は……」

「伊十郎。先日、ある男から訴えが来ていた。自分の妾を寝取ったと」

ちくしょう。あの質屋め、と伊十郎は歯噛みをした。

「その男には、ことを荒立てて内儀に知られても構わないかと威しておいた」

「はあ」

伊十郎は冷や汗が出た。

「よいか。伊十郎。独り身だから、そんな浮ついたことをするのだ。嫁をもらい、落ちつくのだ」

「ですが、いきなり言われても」

伊十郎は踏ん張るように、

「高木さま。お相手は旗本のご息女と申されましたか」

「いかにも」

「では、御目見得ではございませぬか。我らのような御目見得以下では身分違い。家柄不相応ではございませぬか」

武士の婚儀には家格相応の条件がある。将軍に拝謁出来る御目見得以上と拝謁出来ない御目見得以下の間の婚儀は出来ないはずなのだ。そのことを楯にとって、伊十郎はこの話を断ろうとした。

「そのことなら心配はいらぬ」

「はっ？」

「百合どのは出戻りゆえ、御家人の家の養女にして、そなたに嫁がせる」

言葉がなかなか出てこず、伊十郎は口を喘（あえ）がせた。

「まだ、何か言いたいことがあるのか」

「はい。あっ、いえ」

うまい反論が思い浮かばず、伊十郎は焦った。

「女のことで、また問題を起こすようなら、配置換えも考えなければならぬ」

文左衛門が癇癪（かんしゃく）を起こしたように声を荒らげた。

「配置換え？」

「外役ではなく内役に、ということだ」

「そんな」

定町廻り同心から外すという威しだ。

北町奉行所には同心が百二十人いる。だが、定町廻りは北町だけでは六名しかいない。この定町廻りと臨時廻り、隠密（おんみつ）廻りのいわゆる三廻りは、同心の中の花形であり、出世場所であった。

定町廻りを外されることは降格を意味する。縁談を拒絶したくらいで、そんな横暴なことが出来るかと抗議したかったが、

「ともかく、しばらく考えさせてください」

と、言うのが精一杯だった。

「考えることなどない。こんないい話は二度とないぞ」

あまりに一方的だ。だが、上役には逆らえない。

「どうか猶予を」

「よし、明日の夜までだ」

文左衛門は厳しい顔を崩さずに言う。

「明日では早すぎます。せめて、四、五日」

「ならぬ。では、明後日だ。明後日の夜、我が屋敷に返事を持って来い。よいな」

有無を言わせぬように念を押し、文左衛門は立ち上がった。

威圧するようにしばらく伊十郎を見下ろしてから、文左衛門は部屋を出て行った。

ひとり残された伊十郎は茫然(ぼうぜん)とした。

出戻りの女を押しつけられた。こんな理不尽なことがあり得るか。

断る。絶対に断ると、伊十郎は憤った。だからといって、定町廻り同心から外されるとは思えない。いや、これから、文左衛門の覚えが悪くなると、何かと不都合かもしれない。

伊十郎は頭を抱えたくなった。

（どうしたらいいんだ）

文左衛門が鬼に思えた。こんな理不尽なことが許されるのかと息巻いても、上役の命令は絶対だった。

伊十郎はすっくと立ち上がった。

（ちくしょう）

こんなところで呑んでいる気分ではなかった。

仲居が引き止めたが、逃げるように料理屋を出た。月を見上げて、ため息をつく。

出戻りか。どうせ、気の強い女で、嫁ぎ先から追い出されたのだろう。俺に後始末をさせようっていうのか。

伊十郎はぶつぶつ言いながら通旅籠町まで行き、町外れにある小さな呑み屋に向かった。年寄りの夫婦がやっている狭い店だ。

このまま、まっすぐ屋敷に帰る気になれない。

赤提灯(あかちょうちん)が夜風に揺れていた。伊十郎は暖簾(のれん)を潜った。

「おやじ、酒をくれ」

小上がりに座って、伊十郎は声をかけた。

「これは旦那。お珍しい」

頭髪の薄い亭主が声をかけた。

この亭主も昔は岡っ引きをやっていたらしい。伊十郎が定町廻りになる前のことだ。

酒を運んで来た亭主に、

「かみさんは?」

と、伊十郎は不審そうにきいた。

「娘のところに行っているんです。娘に子どもが生まれるんで、その手伝いです」

亭主は徳利を置いて答える。

「ほう、孫が出来るのか」

「へい」

亭主は顔を綻(ほころ)ばせた。

子どもが生まれ、孫が出来る。それが仕合わせな生き方なのだろうか。いつまでも独り身で遊んでいては、そういう仕合わせを摑(つか)み損ねてしまう。

だからといって、なにも出戻り女を押しつけなくてもよいではないか。またも腹が立って来た。

高木文左衛門は旗本柳本為右衛門から、「うちの出戻り娘をなんとか片づけたい。誰かいないか」と相談され、「適当な男がおります。なあに、私が言えばいやもありません」と請け合ったに違いない。

ひとを駒としか思っていないのか、と伊十郎は苦い酒を呑んだ。

二日後には返事をしなければならない。だが、返事は決まっている。断る。それしかない。

問題は断りの理由だ。まだ、独り身でいたいというのは納得してもらえないだろう。出戻りでは困ると言おうか。いや、それもだめだ。それに、相手の娘を傷つけてしまう。

心に決めた女がいますと答えようか。だが、誰だときかれたら、返答に困る。

伊十郎はため息をつきながら、あれこれ考えた。

納得いく説明がないと、あとあと根に持たれ、定町廻りから外されてしまうかもしれない。

気がつくと、徳利が何本も転がっていた。

「おやじ。何刻だ？」

「へえ、五つ半（午後九時）をまわりました」

「なに、そんな時間か」

伊十郎はびっくりして見回した。

他の客は引き上げ、店には伊十郎だけだった。

「長居してしまった」

伊十郎は財布を出した。

「旦那。いいんですよ」

亭主が言う。

「そいつはだめだ。いくらだ？」

「へえ。じゃあ、六十文をいただきます」

「よし」

伊十郎は銭を出して、店を出た。

梅雨の合間の晴れた夜で、星が輝いている。夜も更け、町は眠りに入ろうとしていた。犬の遠吠えが聞こえる。

井原伊十郎は少し酔っていた。悪酔いしたように、胸に屈託が広がっている。いったい、なぜ俺が貧乏籤を引かねばならぬのだと、またもぼやく。

両側に並ぶ大店の大戸も閉ざされ、人影もない。

大伝馬町一丁目に差しかかったとき、商家の屋根に黒い影を見た。

一瞬で酔いが吹っ飛び、伊十郎は本能的に軒下に身を隠して屋根を見た。黒装束の賊だ。黒い影が屋根から地べたに下り立った。

いま、江戸市中を騒がしている盗人だと思った。賊が暗がりに紛れて足音もなく駆けて来た。十分に引き付けておいてから、伊十郎は賊の前に立ちふさがった。

賊は立ち止まった。

「『ほたる火』か」

伊十郎は十手を抜き取った。『ほたる火』と呼んだのは、たまたま土蔵から庭を突っ切って塀に向かった賊を見た者が、手に持っていた火縄の火がほたるのように見えたと言ったことから、いつからともなくそんな名前がついたのだ。おそらく、土蔵の錠前を開ける際、火縄の火で手元を照らしていたのであろう。ともかく、身が軽い。忍び返しのついた高い塀をも楽に乗り越えることが出来る。

「ここで会ったが百年目だ。今宵こそ、お縄にしてやるぜ」

伊十郎は十手を突き付ける。

もし、『ほたる火』を捕まえるという手柄を立てれば、文左衛門が何を言おうが定町廻りから外されまいという計算が瞬時に働いたので、伊十郎は大いに意気込んだ。

『ほたる火』は後退った。伊十郎は果敢に相手に飛び掛かった。だが、相手はとんぼを切って後方に一回転して逃れた。

向きを変えて逃げ出したが、伊十郎の反応は素早かった。すかさず、伊十郎は十手を賊の足を目掛けて投げつけたのだ。

十手は見事に右足に命中し、賊がよろけた。

伊十郎は飛び掛かり、起き上がった賊の背後から押さえ込んだ。

「観念しやがれ」

暴れる賊を羽交い締めにしようとした。そのとき、伊十郎の左手が賊の胸を摑んだ。

一瞬、伊十郎の手から力が抜けた。

その隙に、賊は伊十郎の腕の中からするりと抜け出るや、伊勢町堀のほうに一目散に走り去った。

追うのを忘れ、伊十郎は立ちすくんでいた。左手に乳房の感触が残っていた。

二

ふつか後の朝。

八丁堀の組屋敷の裏庭から気合が聞こえてくる。井原伊十郎の屋敷だ。小者の松助が鉤縄の稽古をしている。縄の先についている鉤を着物の襟に引っかけて、縄を全身にぐるぐる巻き、取り押さえる捕縛の仕方だ。

松助は部屋の拭き掃除や庭の掃除を済ませ、主人の伊十郎が髪結いに髪と髭を当たってもらっている間に、捕物の稽古をしているのだ。

伊十郎は髪結いに気づかれぬように、またため息をついた。きょうの夜までに、高木文左衛門から持ち込まれた縁談の返答をしなければならない。

断るつもりでいるが、問題はその理由だった。

何かいい理由はないか。あるわけがない。上役から言われたら、受諾するしかないのだ。断る道はない。

そこに庭先から岡っ引きの辰三が子分の貞吉とともにやって来た。辰三は、最近になって伊十郎が手札を与えた岡っ引きである。

小者というのは同心について下働きをする者で、奉行所に名を通している。つまり表向きの者だが、岡っ引きは同心が私的に使っているので、奉行所とは何ら関係のない身分だ。

辰三は深川の博徒の親分のところにいた男で、客のひとりと喧嘩になり、相手に大怪我をさせてしまった。御法度の博打をしていたのでは客のほうも罪を免れない。辰三はちょっと使えそうな男だったので、伊十郎は手先にすることを考えたのだ。

「辰三。何かわかったのか」

髪結いに髷を直してもらいながら、伊十郎は横目できいた。

「へえ。やっと、『山形屋』が気がつきました」

「大伝馬町にある下駄問屋だな」

「へい」

一昨日の夜、伊十郎は『ほたる火』と出くわした。被害を確かめさせたのだが、どこも盗みにあったことに気づいていなかった。

なにしろ、錠前破りの名人で、鍵(かぎ)なしでどんな錠前も開けてしまう。

家人に気づかれずに、土蔵の扉を開け、盗むのはせいぜい店の規模によって五十両から百両の間。引き上げるとき、また錠をしていくので盗まれたことに気づかない。

「で、いくら盗られたのだ？」

「百両です」

あのとき、百両が懐に入っていたのだ。『ほたる火』に組み付いたときの左手の感触がまだ鮮やかに残っている。弾力があり、それでいて吸いつかれそうな柔肌だった。

「へい、お疲れさまで」

髪結いが肩の手拭(てぬぐ)いを外した。

手鏡で見てから、伊十郎は満足そうに顔をなでた。

「旦那。これじゃ、女たちが放(ほう)っておきませんぜ」

辰三が愛想を言う。

「おべんちゃら言うんじゃねえ」

満更でもなさそうに、伊十郎は笑った。

伊十郎は出仕の仕度をした。といっても同心は着流しで構わないのだ。伊十郎は格子縞(こうしじま)の着流しに黒羽織。大小を腰に差し、懐に懐紙と財布、そして十手をしまった。

そのとき、若党の半太郎(はんたろう)があわてて飛んで来た。

「旦那さま。旦那さま」

半太郎は父親の代からいる若党だ。もともとは佐野(さの)の百姓の倅(せがれ)だったが、侍になりたくて江戸に出て来た。もう、四十過ぎだ。

「なんだ、騒々しい」

伊十郎は半太郎をたしなめた。

「はい。それが、表に」

「表に？　誰か来たのか」

まさか、高木文左衛門の使いではないかと怯(ひる)んだ。

「ともかく、表に」

大きく息を吸い込んで思い切って吐いてから、伊十郎は表に向かった。

雪駄を履いて門口に向かう。同心の屋敷は片開きの木戸門である。一丁の駕籠(かご)

が木戸門の前に見えた。

駕籠に女物の着物が見えた。顔は見えない。

いったい、誰かと思いながら駕籠に近づき、

「どちらさまで」

と、声をかけた。

すると、供の者が草履を駕籠の傍に置いた。

駕籠からすっとおりてきたのは、まるで天から舞い降りて来たかのような美しい女だった。薄紅色の着物が目に眩しい。すらりとした姿で、目鼻だちは整いすぎているほどに整い、含み笑いをしたような口許は伊十郎の心を鷲摑みにしている。

「柳本為右衛門の娘、百合と申します。この近くまで参りましたので、立ち寄らせていただきました」

伊十郎は呆気にとられた。

文左衛門の言うように申し分のない女だった。出戻りの上、我が儘で生意気そうな印象だが、そういう欠点を補って余りある美貌だ。

「汚いところですが、どうぞ」

伊十郎は百合を座敷に招じた。

「お茶だ」

若党の半太郎に小声で言う。

座敷で、百合と差し向かいになった。開け放たれた庭の植え込みの陰から、辰三や松助、貞吉が様子を窺っている。

つんとすました顔は凛とし、それでいて仄かな色気に包まれている。なんていい女なんだと、伊十郎はつい生唾を呑み込んだ。

「こちらにはどんな御用で？」

「薬師さまです」

「ああ、なるほど」

そう答えたものの、茅場町の薬師堂の縁日は毎月の八日と十二日だ。きょうは十日。もっとも、縁日には植木市が立つが、百合が植木や盆栽に興味があるとは思えない。

「あの者たちは誰なのですか」

百合は庭に目をやった。

「申し訳ございません。注意をして参ります」

「それには及びません。帰ります」

百合は立ち上がった。

「もうでございますか」

伊十郎はあわてた。

「ちょっと立ち寄っただけですから」

「いま、お茶を」

「いえ、結構です」

百合は勝手に廊下に出ると、庭に向かって、

「こっちにいらっしゃってください」

と、声をかけた。

伊十郎は呆気にとられた。

茶を運んで来た半太郎も目を丸くして成り行きを見守っていた。

辰三たちはのこのこと出てきた。

「へい、どうも」

三人はぺこぺこしながら百合に近づいた。

「百合と申します。よろしくお願いいたします」

百合は腰を下ろして挨拶した。

「こ、こちらこそ。あっしは辰三と申しやす」

あわてて、辰三が応じた。

「あっしは松助。こいつは貞吉にございます」

松助と貞吉は同時に頭を下げた。

「ごくろうに存じます」

百合はすっくと立ち上がり、戸口に向かった。

伊十郎はあわててあとを追う。

「百合どの」

駕籠に乗り込む前に、伊十郎は声をかけた。

「ご返事、楽しみにお待ちしております」

そう言うと、百合は駕籠に乗り込んだ。

伊十郎は声を失って百合を見送った。

「旦那。どういう関係なんですかえ。すげえ別嬪じゃねえですか」

辰三が目を丸くしたまま言う。

「俺は天女が舞い降りたのかと思いましたぜ」

松助が言うと、

「まだ、夢を見ているようだ」

と、貞吉が応じた。

「ひょっとして、旦那の御新造さんになる御方ですかえ」

辰三が好奇心に満ちた顔を近づけてきいてきた。

「えっ、そうなんですかえ」

松助が素っ頓狂な声を出した。

伊十郎ははっとして、

「ちょっと急用を思いだした。待っていろ」

と、急いで木戸門を飛び出した。

八丁堀の組屋敷の路地を幾つか曲がって、高木文左衛門の屋敷にやって来た。

与力の屋敷の門は同心の屋敷と違い、両扉の冠木門である。

伊十郎が潜り戸を叩くと、しばらくして文左衛門の使っている小者が顔を出した。与力の屋敷に門番はいない。

「これは井原さまで」

「高木さまに至急お会いしたい。お取り次ぎを」

伊十郎は小者に訴えた。自分でも、なぜか焦っていることがわかった。百合を失ってはならぬのだ。

同心の拝領屋敷は百坪程度だが、与力のほうは二、三百坪の広さだ。文左衛門の屋敷は三百坪はあろう。

門から玄関まで敷かれた小砂利を踏んで行くと、玄関の式台に文左衛門が出て来た。茶の肩衣（かたぎぬ）に平袴（ひらばかま）で、これから出仕するところだ。玄関前には、供をする小者や中間（ちゅうげん）が控えている。

与力の出仕は四つ（午前十時）なのに、きょうはばかに早い出だ。

「高木さま」

伊十郎はあわてて腰を屈（かが）めた。

「どうした、伊十郎。何かあったか」

いかめしい顔で、文左衛門はきいた。

「はい。例の件のご返事を」

「うむ。それは今宵ではないのか」

「いいえ、ただいま。どうぞ、よろしくお願いいたします」

「こちらに参られよ」

文左衛門は式台に下りた。

伊十郎は近づいた。

「百合どのを娶(めと)りたいと申すのか」

文左衛門は小声で訊ねた。

「はい。さようでございます」

「なれど、百合どのは出戻りだ」

「構いません」

「だいぶ我が儘だそうだ」

「構いません」

「おまけに気が強い」

「構いません」

「そう何もかも、構いませんでは困る。いや、困った」

文左衛門が心底困ったような顔をした。

「何か」

伊十郎は不安になった。

「じつは、そなたがあまり気乗りせぬようだったので、お断りをいたそうと思っていたところだ」

「いえ。気乗りしないなど、と、とんでもない。ぜひ、このお話をお受けしたく存じます」

伊十郎は懸命に訴えた。

文左衛門は含み笑いをしてから、

「伊十郎。そなた、百合どのに会って気が変わったな」

と、からかうようにきいた。

「はあ」

伊十郎は汗をかいていた。

「あい、わかった。では、このこと、先方に取り次ぐ。よいな」

「はっ。ありがとうございます」

伊十郎は深々と腰を折った。

顔を上げたとき、廊下の陰に薄紅色の袂が見えた。一瞬で隠れたが、伊十郎はあっと思った。百合だったのではないか。

文左衛門が含み笑いをしたように見えた。

伊十郎の屋敷に百合がやって来たのは、文左衛門の差し金だったのだ。色好い返事をしない伊十郎に業を煮やし、百合を見せつければ気持ちが一変するだろうと仕組んだのに違いない。

事実、そのとおりになった。

まんまと文左衛門の策略にはまったといういまいましさはあったが、百合を嫁に出来るという慶びのほうが勝った。

三

その日の午後、伊十郎は辰三とともに、大伝馬町の『山形屋』の土蔵の前に来ていた。

「井原さま。面目次第もございません。まさか、百両が盗まれていたとは思いませんでした」

百両がなくなっていることに二日も気づかなかったことを恥じるように、主人の高右衛門が渋い顔で言う。

「まあ、これだけの身代だ。金がありあまっていて、少しぐらいなくなっても痛くも痒くもないってことか」

伊十郎は皮肉を言った。

「滅相もない。百両は私どもにとっても大金でございます」

たるんだ頰を震わせて、山形屋はむきになった。

「で、金がなくなっていることに誰が気づいたんだ？」

「はい。番頭の幸之助でございます。きのう親分さんにきかれたときには盗難になど遭っていないとお答えいたしましたが、念のために番頭に調べさせました。そしたら、土蔵の千両箱から百両がなくなっているのに気づいたのでございます」

「あとで、番頭を呼んでもらおうか」

そう言い、伊十郎はもう一度、土蔵の錠前を見た。大きな錠だ。おそらく、『ほたる火』は得意の手妻であっさり開けてしまったのだろう。

辰三がやって来た。

「旦那。土蔵の裏手の塀を乗り越えたようですぜ。忍び返しの尖端に微かにこすれたような跡がありました」

「やはり、軽業師上がりに違いない」

伊十郎はまたも『ほたる火』を取り押さえたときのことを思いだした。同時に手のひらに残った乳房の感触が蘇る。

その衝撃で手を緩めた隙に腕の中から逃げられてしまったのだが、あのときの『ほたる火』の動きは鮮やかだった。するりと抜け出し、そのまま走り去って行った。

軽業師にしても、相当達者な軽業師だ。

伊十郎はふと何か違和感を覚えた。それが何か、すぐには思い浮かばない。

しばらくして、細身の渋い面差し（おもざし）の男が緊張した様子でやって来た。三十二、三歳か。

「井原さま。番頭の幸之助にございます」

山形屋が引き合わせた。

「おまえさんが、百両がなくなっていることに気づいたそうだな」

「はい。さようでございます」

目を伏せて、番頭は答える。整った顔だちの男だ。

「そんときの様子を聞かせてもらおうか」

「様子ですか。はい。旦那さまから、『ほたる火』のことが気になるからもう一度、よく調べてほしいと言われ、私は改めて土蔵に入りました」

「おまえさんがひとりでか」

伊十郎が確かめると、一瞬顔を強張らせて、

「は、はい。ひとりでございます」

と、固い声で答えた。

「それで」

伊十郎は先を促す。

「はい。朝方には帳場の奥の千両箱や百両箱を調べておりましたので、念のために土蔵の中を調べてみたのです。そうしますと、どうしても百両ぶん勘定が合わないことがわかりました。それで、そのことを旦那さまに申し上げました」

「そうか。わかった。ところで、おまえさんは通いかえ」

「はい」

「住いはどこだえ」

「はい。南新堀一丁目にございます」

「そうか。わかった。ごくろうだった」

「はい」

腰を折り、番頭の幸之助は店に戻った。

「あの番頭はどうなんだ?」

伊十郎は山形屋にきいた。

「どうと仰いますと？」

「信用のおける男か」

「それはもう、真面目な男でございます。丁稚から二十年頑張って番頭になった男でございます。去年から、店を出て通いになりました。いずれ、暖簾分けをしてやりたいと思っております」

「そうか」

「何か」

山形屋は不安そうな顔をした。

「なんでもない。山形屋。あとで、盗難の届けを出してもらう」

伊十郎はそう言い、『山形屋』をあとにした。

「辰三。しばらく番頭の幸之助の動きを見張れ」

通りに出てから、伊十郎は声をひそめて言った。往来には通行人の耳がある。

「旦那。番頭に何か」

「奴は必要以上におどおどしていた。同心の前で緊張しているって感じではない。何かやましいところがあるんだ」

「でも、『ほたる火』が忍び込んだことは確かなんでしょう？　やましいことって、何か他のことですかえ」

「百両だ」

「百両が何か」

「『ほたる火』のとんぼ返りだ。いいから、しばらく番頭から目を離すな。女がいるかもしれぬ」

「へえ」

渋々のように頷いたが、

「旦那」

と、辰三は真顔になった。

「なんだ、何が納得いかねえんだ？」

「いえ、そうじゃねえ。旦那もとうとう年貢の納めどきかと思いましてね。でも、あんないい女を嫁さんに出来るなんてうらやましいですぜ。男冥利に尽きるってもんだ」

「ちっ。女は姿形じゃねえ」

伊十郎は内心とはうらはらに不機嫌そうに吐き捨てた。

「へえ、どうですかねえ。いいえ、これで旦那も落ち着いてくれるといいんですが」

「つべこべ言わず、今夜から番頭の幸之助をつけるんだ。いいな。俺はこれから伊勢町堀のほうを歩いてみる」

伊十郎は怒ったように言い、一昨日、『ほたる火』が逃げたほうに足を向けた。


その夜、伊十郎は改めて、高木文左衛門の屋敷に伺った。

客間で差し向かいになると、さっそく文左衛門が切り出した。

「このたびのこと、先方の柳本さまにお伝えした。柳本さまもたいそうなお喜びであった。なにしろ、出戻りのやっかい者……。いや、なんでもない」

文左衛門はつい本音が出たようだ。

しかし、やっかい者でもなんでもいい。あんな美しい女を妻に出来るのはこの上ない仕合わせだ。あの美貌の前には多少のことは目をつぶる覚悟が出来ている。

「高木さまにはいろいろお骨折りいただき、このとおり厚く御礼を申し上げます」

畳に手をつき、伊十郎は深々と頭を下げた。

「うむ。ところで、祝言だが、三度目のことであり、先方もあまり派手にやりたくないという」

伊十郎は聞きとがめた。

「あの」

「なんだ？」

「今、三度目と？」

「あっ、いや」

文左衛門はあわてた。

「出戻りというのは一度でなく、二度なので……」

「そうらしい。だが、一度目は一年。二度目はわずか三カ月足らずで婚家から飛び出したそうだ。まあ、たいして気にするようなことではない」

「はあ」

「なんだ、その顔は？　三度目が気にいらぬのなら、いまから断ってもよいのだぞ」

「いえ、とんでもない。私には異存はございません」

「ならばよい」

文左衛門は改めて、さっきの話を続けた。

「そのほうは初婚とはいえ、もう三十過ぎだ。それに家督を継いで、何年にもなる。いまさら、盛大に祝言を挙げる必要もあるまい」

「はい。すべて、高木さまにお任せいたします」

「あいわかった。ふたりで、よき夫婦となられることを期待している」

「はっ」

伊十郎は平伏した。

文左衛門が立ち上がった。

「高木さま」

伊十郎は顔を上げて声をかけた。

「なんだ？」

「あっ、いや、その……。百合どのとはいつ会えましょうか」

「会いたいか」

「はい」

「ぬけぬけと。よし、会いたがっていたと伝えておく」

「ありがとうございます」

伊十郎はもう一度頭を下げた。

四

翌朝、伊十郎は起き抜けに小者の松助を供に近くの湯屋に行った。

八丁堀の与力や同心は朝早くから湯屋に入れるのだ。それも女湯である。朝の時間、男湯には朝湯好きの江戸っ子が来ているが、女湯には客がいない。

伊十郎は女湯に入り、刀掛けに刀を置き、着物を脱ぐ。柘榴口（ざくろぐち）を入り、湯がたっぷり入った湯船に浸かった。

湯煙の中に、百合の顔が浮かぶ。自然と顔が綻（ほころ）ぶのがわかった。ひと目見たとき、伊十郎の体に稲妻のような衝撃が走った。これまでに、いろいろな女と出会ったが、あれほどの女にはお目にかかったことがない。

二度出戻っているというが、そんなものはあの美しさの前では問題ではない。ただ、二度の離縁の理由が気にならないこともないが、俺だったらだいじょうぶだという根拠のない自信があった。

百合を思うそばから、またも手のひらにあの乳房の感触が蘇った。あの感じからいえば、『ほたる火』は二十五、六歳か。軽業師上がりの可能性がある。

あのとんぼを切って伊十郎の手から逃れた動きも見事だった。あの感じからは懐に百両が入っていたとは思えない。

土蔵に番頭の幸之助がひとりで入ったという。幸之助は千両箱の金がなくなっているのを見つけ、悪心が芽生えたのではないか。

さらに、そこから何十両かをくすね、すべて『ほたる火』の仕業にしようとしたのではないか。

それを証すためにも幸之助に何か金の必要とする事情があることを見つけ出すのだ。

湯屋を出て、屋敷に帰ると、朝餉の仕度が出来ていた。

半太郎が飯をよそって寄越した。にやにや笑っている。

「何がおかしい」

「旦那さまがお嫁をもらわれると、私は食事の世話をしなくてすむのかなと思って」

「どうかな」

半太郎が正直に言う。

「えっ？」

「小禄（しょうろく）とはいえ、旗本の娘だ。食事の仕度など無理かもしれぬ」

「そうですか」

　半太郎ががっかりしたように言う。

「なんだ、食事を作るのがいやなのか」

「違います。そうではありませぬ。ただ、御新造さんがおやりになるものとばかり思ったものですから」

「ふむ」

　伊十郎は最後に湯漬にして飯を掻（か）き込んだ。

　すでに髪結いが来ていた。町奉行所与力、同心は毎朝ただで女湯に入れることの他に、毎日髪結いがまわって来て髷（まげ）を整え、髭剃（そ）りをしてくれる。

　髪結床は毎日ひとが集まり、いろいろな噂（うわさ）話が飛び交う。髪結いが持ってくる情報は与力、同心にとって有益なものも多い。

「それで、かみさんは男といっしょに逃げてしまいました。哀れなのは亭主のほうです」

　いまも濡縁（ぬれえん）で髪をすきながら、中年の髪結いがいろいろな話をしていた。もちろん、くだらない話も多いが、いつ何の役に立つかもしれない。

「そういえば、最近、日本橋高砂町で音曲指南の看板を出した師匠が滅法いい女って評判ですぜ」

「ふうん」

「あれ、旦那」

髪結いが櫛を入れる手をとめた。

「なんだ？」

「いえね。いつもなら旦那、この手の話には食いついてくるのに、聞き流しているので」

「いつまでも女にうつつを抜かしているような伊十郎さまではない。それに、いい女ってのが、そんなざらにいるものではない。誇張だ」

百合を知ったあとでは、他の女は色あせて見える。

「まあ、そうでしょうが……」

そんな盛り上がらないやりとりをしながら髭剃りを終えた。

「では、失礼いたします」

髪結いが引き上げて行くほうを見やると、辰三が小者の松助と話していた。どうせ、俺の噂だろうと思った。

辰三が庭先にやって来た。

「旦那。番頭の野郎、深川の岡場所に行きましたぜ」

「やはりな」

女だろうという想像が見事に当たり、伊十郎はにんまりした。

「どこのなんという店だ？」

「へえ。佃町の『花家』です。ゆうべは半刻（約一時間）ほどで引き上げましたが」

「佃町とはずいぶんしけたところに通っているな。大店の番頭ともあろうものが。それに、半刻かそこらで引き上げるとは……」

「それだけの時間でも会いたいっていうことじゃねえですかえ」

「そうかもしれねえな。で、敵娼はわかっているのか」

「ゆうべは、まだそこまでは」

「よし。夕方に、俺も行ってみよう」

「へい」

部屋に戻って、伊十郎は出仕の仕度をした。

小者の松助が御用箱を背負い、辰三といっしょについて来る。

楓川を中之橋で渡り、そのまままっすぐ日本橋の通りを突き抜け、お濠端に出ると右手に呉服橋が見える。

伊十郎の一行は呉服橋を渡った。見附門を潜れば左手に北町奉行所の白い壁と渋い黒の板張りが調和のとれた長屋門がある。

威厳に満ちたこの門の前に立つと、伊十郎は身が引き締まる思いがする。今月の月番は南町なので、正門は閉じられている。

もっとも、月番で正門が開いていても、与力、同心は右手にある小門を利用する。

辰三が言う。

「じゃあ、あっしはここでお待ちします」

岡っ引きは正式な奉行所の配下ではない。同心が私的に使っているだけなので、奉行所には入れないのだ。

伊十郎と松助だけが奉行所に入る。

門番所の後ろが同心詰所である。伊十郎はその部屋に入った。

すでに来ていた同じ定町廻りの坂崎矢兵衛が伊十郎の顔を見るとすぐに近寄って来た。

「伊十郎。そなた、嫁をもらうらしいな」

　にやつきながら言う。

「えっ、誰がそのようなことを？」

　もう話が広まっているのかと、伊十郎は驚いた。

「隠すな。なんでも、出戻りらしいな。まあ、そなたはさんざん女を泣かせて来たんだ。それぐらいが妥当だな」

　くっくと、奇妙な笑い声をたてた。

　坂崎矢兵衛は四十二歳の気障な男だ。ひとはいいのだが、気配りもなくずけずけものを言うので、若い者からは煙たがられている。

　戸口にひと影が射した。

　振り返ると、稲毛伝次郎がいま出仕してきた。伊十郎の顔を見るや、すすっと近づいて来た。

「嫁をもらうそうだの」

「いったい、誰からそれを？」

　うんざりして、伊十郎はきき返した。

「いや、皆口にしている。それだけ、そなたが人気者ということだ」

稲毛伝次郎は四十前の男で、色白のせいか髭の剃りあとが青々としている。

「岡っ引きの佐平次も驚くだろう」

この伝次郎の縄張りは芝のほうなのだが、じつは先ごろまで伊十郎の手先となって、さまざまな難事件を解決していた佐平次が、いまはこの伝次郎から手札をもらい、芝に住んでいるのだ。

ほんとうは他の区域を縄張りにしている定町廻りから『ほたる火』の被害について、『山形屋』の番頭のような例がなかったかききたかったのだが、ここにいるとなんだか煩わしそうだったので、伊十郎は町廻りに行くと言って詰所を出た。

定町廻り同心は北町だけで六名しかいない。この六名が江戸を四筋に分けて毎日巡回している。

同心詰所を飛び出すと、あわてて松助が追って来た。

奉行所の外で待っていた辰三が驚いて、

「早かったじゃねえですか」

と、意外そうにきいた。

「うむ」

伊十郎は何も言わなかった。

松助には事情を話している。

日本橋の通りに出たとき、南町の定町廻り同心の押田敬四郎と岡っ引きの長蔵とばったり出会った。

「おう、伊十郎か」

扁平な顔をした押田敬四郎がにやついている。

いやな予感がしたと思ったら、案の定、押田敬四郎が口にした。

「嫁をもらうそうだな」

「誰からきいた？」

「誰でもいい。出戻りらしいが、そのほうが酸いも甘いも嚙み分けて、そなたには似合いだ」

この男も出戻りのことまで知っている。

どうやら、八丁堀全体に広まっているようだ。

「おい、伊十郎。『ほたる火』はこっちが挙げるからな」

押田敬四郎はそう捨てぜりふを残して去って行った。長蔵がふんという顔をして、辰三に敵意を見せてから去って行った。

「いやな野郎ですね」

辰三が長蔵の背中を見ていった。

嫁取りのことが誰から広まったのか、手繰って行けば高木文左衛門しかいない。しかし、文左衛門が同心たちに話すとは思えない。すると、文左衛門の屋敷にいた小者たちだ。そういえば、文左衛門と玄関で嫁取りのことを話していたとき、小者もいたのだ。

小者同士が集まった折りに話したのに違いない。そこから、同心たちに伝わったのだ。

まあいい、百合を見たときの奴らの反応が見物だと、伊十郎は覚えず北叟笑む。

御用箱を抱えた松助と岡っ引きの辰三、そして辰三の子分貞吉を供に、伊十郎は各町内の自身番に顔を出した。

自身番には町役人である家主のほかに町費で雇った番人が詰めている。

「番人」

伊十郎は番人に呼びかけ、

「町内に何もないか」

と、きいてまわる。

そうやって、順次、町内をまわって米沢町の自身番に寄ったとき、家主が真顔で口にした。

「井原さま。このたびはおめでとうございます」

「なんのことだ？」

うんざりしながら、伊十郎はとぼけた。

「何も隠さずともよいではありませぬか。おめでたいことは皆でお祝いしましょう」

「いったい、誰から聞いたんだ？」

「植村さまです」

「植村どのまで」

伊十郎は呆れるしかなかった。

植村真之進は町会所掛同心である。窮民の救済などのために、町費などからの積立金の監督をする掛で、定町廻りと同じように自身番をまわっている。

「どうも、きょうは同じことばかりきかれる」

自身番を出てから、伊十郎はうんざりして言う。

浜町堀を渡り、高砂町にやって来た。ふと、どこからか、三味線の音が聞こえて来た。そういえば、髪結いが言っていた音曲の師匠の家がこの近くにあるはずだ。

派手な裏地の羽織を来た若旦那ふうの男が目の前の格子戸の家に入って行った。糸の音が聞こえてきたのはこの家からだ。

常磐津の師匠も多いが、中から聞こえて来たのは俗曲だ。師匠は芸者上がりなのだろう。滅法いい女って評判だそうだが、いまの伊十郎には興味はなかった。百合だけが、伊十郎の頭の中を占めている。

知らず知らずのうちに、顔がにやけて、伊十郎はあわててしかめっ面をした。

五

夜になって、伊十郎は永代寺の前にある蓬莱橋の袂にやって来た。そこは深川佃町で、安っぽい娼家が並んでいる。

「あの見世ですぜ」

辰三が『花家』を指さした。

軒行灯の明かりがなまめかしく灯っている。色の剥げたベンガラの格子戸が淫猥な雰囲気をかもし出している。

職人体の若い男が『花家』に入って行った。

「『山形屋』の番頭ならもっとましな見世に上がれるだろうにな」

伊十郎は腑に落ちなかった。

大店の番頭ともあろう者が通うにふさわしくない。

「蓼食う虫も好き好きっていいますからね。幸之助は醜女のほうが燃えるたちじゃないんですかえ」

「そうかもしれぬが」

伊十郎とて若い女より後家とか妾のような大年増のほうが好みだ。確かに、ひとの好みはさまざまだ。

蓬莱橋にひと影が現れた。羽織姿の男だ。

「幸之助ですぜ」

辰三が囁いた。

俯き加減に『山形屋』の番頭の幸之助が『花家』に向かった。

「きのうきょうと立て続けですぜ」

辰三が呆れたように口許を歪めた。

「よほど、女に惚れているんだな」

「女にだまされて、お店の金に手をつけたとしたら、ばかな男ですが、ちと可哀そうな気もしますぜ」

「そうだな」

『花家』に入ってから半刻ほどして、幸之助が出て来た。そのまま、引き上げるようだ。

「惚れているにしちゃ、時間が短いですね」

辰三が不思議そうに言う。

「町木戸が閉まる前に帰りたいのだろうが……」

それにしても、いやにあっさりしている。それに、幸之助の顔も好きな女と遊んで来たにしては晴れやかさがない。

「よし。いってみよう」

伊十郎は『花家』の狭い戸口に立った。内所から亭主らしい肥った男がすぐ飛び出して来て、

「旦那。なんですかえ」

と、丸い目をことさら見開いて不安そうにきいた。

「いま、『山形屋』の番頭が出て行ったな」

「『山形屋』かどうかわかりませんが、どこかの番頭さんでしたら」

亭主は警戒ぎみに答える。

「幸之助という名だ」

「さようでございます」

「よく来るのか」

「はい。いまはほとんど毎日」

「馴染み(なじ)の敵娼に話がききたいんだ。会わせてもらいたい」

伊十郎が有無を言わさぬように言う。

「それが……」

「なんだ。もう、別の客がついているのか」

「いえ、そんなんじゃありません。では、ご案内申し上げます」

そう言うと、亭主は裏口に向かった。

訝(いぶか)しく思いながら、伊十郎は亭主について行く。暗い庭に出て、さらに母屋の裏手に行く。母屋の二階からは男と女の声が聞こえる。

亭主が物置小屋のような離れの前で立ち止まった。

「なんだ、ここは？」

辰三が訝ってきく。

「幸之助はここに来ていたのか」

伊十郎がきいた。

「はい」

亭主は戸を開け、

「どうぞ」

と、中に入れようとした。

薬湯の匂いがする。

「待て。病人か」

「はい」

伊十郎は静かに土間に入り、障子の破れ目から部屋の中を覗（のぞ）いた。

行灯の仄かな明かりで、ふとんに女が寝ているのがわかる。顔は見えない。

伊十郎は外に出た。

「労咳（ろうがい）か」

亭主にきいた。

「へえ」

「具合はどうなんだ？」

「最近は医者にもかかり、高い薬も呑んでいるので、少しはいいようです」

「医者代は誰が出しているんだ？」

「さっきの番頭です。まあ、ここじゃなんですから」

と、亭主は店の入口の横にある内証（ないしょう）に案内した。

　亭主は長火鉢の前に座り、

「なんとも奇特な御方もあったものでございますよ。あんな病人のためにたいそうな金を使って」

「女の名は？」

「お幸（さら）です」

「いくつだ？」

「二十六になりますか」

「いつから、この見世に？」

「ここには一年前からです。仲町（なかちょう）のほうから鞍替（くらが）えしました」

「鞍替えした理由は？」

「その頃から病気に罹（かか）っていたんでしょうか、ずいぶんやつれちまって。位の高い見世では勤まらなくなってうちに流れて来たんです」

「で、ここでもこき使われたか」

「いえ、そんなことは……。ただ、手前どもも商売ですから」

亭主は因業そうに口許を歪めた。

「幸之助がやって来たのはいつごろからだ？」

「三カ月ほど前でしょうか」

「どうして、ここにやって来たのだ？」

「さあ。はじめて来たとき、お幸を名指ししましてね。それから、ちょくちょくやって来ました。何度目かのときに、あのひとは内証に顔を出して、これでお幸をひと月の間、買いたいと一両出しましてね。それから、お幸は病気だから休ませてやってくれと。わけは言いませんでしたが、こっちも金さえもらえれば文句もありませんから」

「それがいつだ？」

「もうふた月になりますかねえ。その間、ときたま見舞いに来て、医者代と薬代を置いて行きました。ところが、急に身請けしたいと言い出したんですよ。どこか、空気のいいところで養生させたいと」

「身請けにいくらかかるんだ？」

「三十両です」

「三十両か」

「そうです。そしたら、あのひと、ぽんと三十両出しました。いい住いが見つかったら迎えに来ると言って帰りました」

「そうか」

戸口から、客引きをしている女の声が聞こえる。

「ちょっと、お幸に話をききたい。明日、出直す」

そう言い、伊十郎は立ち上がった。

内証を出ようとしたとき、

「いらっしゃい」

と、女の声。

客が入って来たのだ。伊十郎は足を止めて、客をやり過ごした。暗い感じの男が女に手をとられて二階に上がった。三十前の細身の苦み走った男だ。

肩の筋肉が盛り上がって、浅黒い顔をしている。力仕事をしてきた男のようだ。

白粉(おしろい)を塗りたくった女が男の手を引っ張るようにして階段を上がって行った。

客がいなくなってから、伊十郎と辰三は外に出た。

「どういうことなんですかねえ」

辰三は見込みがはずれて戸惑ったように言う。女に入れ揚げていたわけではないのだ。

「どういう関係か、お幸に聞いてからだ」

そう言いながら、一の鳥居をくぐって永代橋に向かった。


翌日の昼前、伊十郎と辰三は『花家』の離れで、お幸に会った。

ちょうど医者が帰ったあとらしく、お幸はふとんの上に体を起こしていた。

「起きていて、大事ないか」

伊十郎はきいた。

「はい。だいじょうぶです」

「御用の筋ではないから、心配いたすな。幸之助が毎晩出かけているので、お店の旦那からその理由を調べて欲しいと頼まれたのだ」

まず、不安そうな表情のお幸を安心させてから、

「幸之助とはどんな関係なのだ?」

と、切り出した。

「亭主の知り合いだそうです」

「亭主？　そなたは亭主持ちか」

「はい。博打に手を出して……」

お幸は暗い顔をした。

「借金の形に売られたってわけか」

伊十郎は不愉快そうに吐き捨てた。

「はい」

お幸は俯いた。

「亭主はどうしているんだ？」

「幸之助さんの話では、心を入れ替えて一生懸命働いているということでした」

「幸之助は、おめえを買いに来たのか」

「いえ、亭主に頼まれて様子を見に来たということでした。部屋に揚がっても、幸之助さんは私には触れようとしません。その後、何度か来てくれましたが、ただお話しするだけ」

息継ぎをして、

「何度目かのとき、幸之助さんは私の顔色を見て、具合が悪そうだと心配してくれて、すぐ旦那さんに掛け合ってくれたんです」

「そういうわけか」

しかし、亭主に頼まれたからといって、幸之助がそこまでする気持ちが、伊十郎には理解出来なかった。

「お幸さん」

辰三が口をはさんだ。

「ご亭主の名はなんて言うんだえ」

「由吉(よしきち)です」

「何をしているんだえ」

「大工です」

「住いは？」

矢継ぎ早にきく。

「霊岸島(れいがんじま)の南新堀一丁目の長右衛門(ちょうえもん)店でございます」

「幸之助と同じ長屋か」

「はい。隣同士だとか」

「それで、おめえのことを頼まれたってわけか」

「はい」

「おまえを身請けすることになったそうだな」

伊十郎がきいた。

「はい。うちのひとがお金を作ってくれたそうです」

お幸の顔が綻んだ。

「幸之助がそう言っていたのか」

「はい」

お幸が怪訝そうな顔をした。

「違うのでございますか」

「いや、そうではない。で、亭主の由吉は一度も顔を出さないのか」

「私に合わせる顔がないそうです」

お幸がだるそうな様子だったので、

「あいわかった。邪魔をした。しっかり養生せよ」

「はい。ありがとうございます」

お幸はふとんに横たわった。

薬湯の匂いが鼻につんとした。

その帰り、伊十郎は霊岸島の南新堀一丁目の長右衛門店に寄った。

幸之助は朝早くにお店に出かけ、長屋に帰って来るのは、だいたい六つ半（午後七時）ごろだ。

それまで十分な時間がある。

八百屋と小間物屋の間に、長屋の木戸があった。小間物屋が大家の家である。

辰三は店先で声をかけ、奥に入って行った。

すぐに出て来て、

「裏にまわってくださいということで」

と、辰三は言った。

ふたりは木戸を入り、大家の家の裏口から入った。狭い土間に四畳半の部屋である。おそらく、長屋の連中がやって来たときに応対するために用意した部屋なのだろう。

上がり口に、大家が待っていた。

「この長屋に、由吉って男がいるそうだが」

土間に立ったまま、辰三が切り出した。

「由吉ですかえ」

大家は驚いたような顔をした。

「どうしたえ。そんな顔をして」

「いまごろ？　親分さん。どうして、いまごろ由吉のことを？」

伊十郎が聞きとがめて口出しした。

「由吉に何かあったのか」

「由吉は死にました」

「死んだ？」

辰三が素っ頓狂な声を上げた。

「わけを聞かせてくれないか」

伊十郎がきくと、大家は、

「どうぞ、お上がりください」

と、招じた。

伊十郎は大刀を外し、右手に持ち直して部屋に上がった。

向かい合ってから、大家はおもむろに口を開いた。

「由吉は三カ月ほど前、この裏の雑木林で首をくくったんです。根はいい奴でしたが、気が弱かったんですねえ」

　大家はしみじみ言う。

「理由は？」

「はい。奴にはかみさんがいたんですが、博打にのめり込んでしまって、女房を形にしてまで勝負して……」

　大家は悔しそうにあとの言葉を呑んだ。

「大負けしてしまい、女房は売り飛ばされたってわけか」

　辰三があとを引き取っていた。

「はい。仲町にある遊女屋です」

　佃町に移ったことは知らないようだ。

「それがいつのことだ？」

「二年前です」

　では、お幸は遊女屋に二年もいることになる。お幸は由吉が迎えに来てくれると信じて生きて来たのだろう。その間に体をぼろぼろにしてしまったのだ。

「その後、由吉は目が覚め、懸命に働いて女房を助けようとしたんです。そりゃ、よく働きました。でも、一年も経ったら、だんだん由吉の様子がおかしくなった。酒を呑むようになり、仕事もしなくなりました。私はどうしたんだと叱りました。すると、いくら稼いでも、身請け出来る金にはならない、と泣いてました。身請け出来る金を稼ぐのが無理だとわかったのでしょう。そのことに絶望したのでしょう。だんだん酒量が多くなり、最後は浴びるように呑んでました」

お幸が幸之助から聞いた話とだいぶ違う。

「それで、三カ月前に首をくくったんです」

大家は声を詰まらせた。

「ここに『山形屋』の番頭の幸之助が住んでいるな」

伊十郎は話を移した。

「はい。由吉とは同郷ということで、気が合ったようです」

「国はどこだ?」

「信州だそうです。ふたりとも諏訪大社の近くです」

「幸之助はいつから住んでいるんだえ」

辰三がきく。

「一年と少し前です」

「じゃあ、幸之助は由吉が一生懸命働いていた頃を知っているのか」

「はい。幸之助は由吉の女房に同情していました。酒を呑みはじめた由吉によく意見をしていました」

「そうか」

辰三が伊十郎の顔に目をやった。

伊十郎が目顔で頷くと、辰三は改めて大家に切り出した。

「幸之助が由吉の女房のところに通っているのを知っているか」

「えっ。どういうことでございますか。通っているとは、娼家にですか」

大家が身を乗り出してきいた。

「通っていると言っても、客としてではない。由吉の名代としてだ」

「由吉の名代？　どういうことか、わかりかねますが」

大家は表情を強張らせた。

「じつは由吉の女房は労咳にかかっているのだ」

「えっ、お幸さんが」

大家は息を呑んだ。

「そうだ。幸之助が面倒を見ている」

辰三が詳しく話すと、大家は目をしょぼつかせた。

「知りませんでした」

「まあ、そなたに面倒をかけたくないから黙っていたんだろう。なにしろ、身銭を切っていることだからな」

伊十郎はとりなすように言った。

「はい。でも、そこまでするなんて……」

大家は首を傾げた。

「うむ。よほど同情したのかもしれぬな」

伊十郎が応じると、大家は険しい顔になって、

「このことで何か問題が？」

と、きいた。

「いや。『山形屋』の主人が幸之助のことを心配して調べて欲しいと頼まれただけだ。わけがわかればいい」

「そうでございますか」

「うむ。こっちから幸之助に確かめてみる。邪魔をした」

大家の家を辞去し、通りに出た。

「まさか、由吉が死んでいたなんて」

辰三がため息混じりに続けた。

「お幸は、由吉が身請けの金を用立ててくれたと信じているんですね」

「幸之助が、なぜお幸のためにそこまでしてやるのか」

伊十郎は幸之助から早く話を聞いてみたかったが、店に出向くと他の奉公人の手前もある。やはり、長屋に帰って来るまで待つしかなかった。

「念のためだ。幸之助の様子を見てきてくれ。俺はいったん奉行所に戻り、それから屋敷に帰っている。夜になったら、迎えに来てくれ」

「へい」

ここからは八丁堀まで僅（わず）かな距離だった。幸之助が帰った頃に、もう一度、長屋にやって来るつもりだった。

六

夕方、伊十郎は小者の松助とともに奉行所から屋敷に帰った。

木戸門の前で、若党の半太郎がおろおろして待っていた。

「どうしたんだ、こんなところで」

伊十郎が呆れたようにきいた。

「お待ちです」

上擦った声で、半太郎が訴える。

「誰が……」

伊十郎の脳裏を百合の顔が掠めた。その瞬間、半太郎を突き飛ばして、伊十郎は門の中に駆け込んだ。

客間には姿がなかった。奥に行くと、居間で百合が座っていた。その神々しいまでの姿に、伊十郎は腰が砕けそうになった。

「百合どの」

伊十郎は百合の前に座り込んだ。

「近くまで来ましたので」

百合は澄ました顔で言う。

「よくいらっしゃってくださいました」

相手の男の家に勝手に訪問するなど、武家の娘にあるまじき行動も百合なら許される。そんな威厳があった。

百合は口許に含み笑いを浮かべ、

「伊十郎どの。私は縁あって、あなたさまの妻となります。末長うよろしくお願いいたしまする」

「はあ、こちらこそよろしくお願いいたします」

伊十郎はあわてて頭を下げた。

最初から、位負け(くらいまけ)している。だが、伊十郎は百合を嫁に出来ることで浮かれて、自分が卑屈になっていることも気にならなかった。

「きょうはごゆるりと……」

伊十郎の声を遮り、

「そうもいきませぬ。立ち寄っただけですから」

と、百合は微笑(ほほえ)みながら言う。

「そうですか」

伊十郎が落胆すると、百合が表情を引き締めた。その顔は凛とし、覚えず生唾を呑み込むほどに美しい。

「伊十郎どのにお訊ねしたいことがあります」

「なんでございましょうか」

「伊十郎どのは女好きだという評判ですが」

「な、なにを仰られますか」

ふいを、つかれて、伊十郎は狼狽した。

「そのようなことはありませぬ」

「なれど、女のことでは揉め事も多いと聞きました」

「それは違います。百合どのを嫁にする私に嫉妬をして、あらぬことを吹聴しているのをお耳にしたのではございませぬか。私には覚えのないこと」

伊十郎は冷や汗をかいて懸命に弁明した。

「まことですか」

「まことです。それは、私は独り身ですから、女と一度も遊ばなかったとは申しません。ですが、女好きと言われるのは心外でございます」

「わかりました。信じましょう」

「はあ。いまの私は百合どの以外の女にはまったく興味はありませぬ。いや、この気持ちは一生変わりませぬ」

なぜ、こんなに必死になっているのか。伊十郎はふと自己嫌悪に陥ったが、いまは百合の機嫌を損なってはならぬという思いにとらわれていた。

だが、伊十郎の声を聞いているのかいないのか、百合は庭に目をやっている。卯の花が咲いている。

「百合どの」

伊十郎は声をかけた。

やっと、百合は目鼻だちが整い過ぎ、ときには人形のように思える顔を向けた。

「そろそろ、引き上げます」

「えっ、早過ぎませぬか」

伊十郎はうろたえた。

「ただ、立ち寄っただけですから」

百合はすっくと立ち上がった。その立ち姿にしばし見とれているうちに、ふいに視界から百合の姿が消えた。

伊十郎はあわてて追い掛けた。

百合が引き上げたあとも、何かきつねにつままれたような心持ちで、伊十郎はまだぼんやりしていた。

半太郎が行灯に明かりを灯しに来た。気がつくと、部屋の中は暗くなっていた。

「旦那さま。だいじょうぶですか」

半太郎がきく。

「何がだ？」

「さっきから何度か声をおかけしたのですが……」

「そうか。気がつかなかった」

「夕餉の仕度が出来ております」

なんだか食欲はわかなかったが、それでも焼き魚とおひたしとで飯を食い終えたときに、辰三が迎えに来た。

「ごくろう」

伊十郎は大刀を差し、辰三とともに屋敷を出た。

八丁堀から亀島（かめじま）川を渡れば、すぐ南新堀町一丁目である。

長右衛門店の木戸を辰三が入って行く。すぐ、戻って来た。

「まだ、帰っちゃいません」

それから、四半刻（約三十分）ほどして、日本橋川にかかる湊（みなと）橋を渡って、幸之助が帰って来た。橋の下を荷足船（にたりぶね）が潜り、川面（かわも）に映った提灯の灯（ひ）が揺れた。

橋の袂で待っていた伊十郎と辰三は幸之助の前に出た。

幸之助はびくっとして立ち止まった。

「幸之助。ちょっと話がある。店ではまずいだろうと思って待っていたんだ。こっちに来てもらおう」

辰三が幸之助の腕を摑むようににした。

「どういうことでございますか」

「『花家』のお幸って女のことだ」

幸之助は目を剝き、口を喘がせた。

雑草が繁っている川の縁に移動した。

伊十郎は幸之助の顔を真正面にとらえて切り出した。

「幸之助。なぜ、お幸にあのように親切なんだ。薬代も出してやり、身請けまでしてやるそうではないか。それも、亭主の由吉に頼まれたといって」

「…………」

「由吉は三カ月前に首をくくったそうではないか。なぜ、由吉の名を出して、お幸を助けようとしたのだ？」

幸之助は俯いて肩先を震わせていたが、ようやく顔を上げた。

「私はお店を通いになって、いまの長屋に引っ越しました。隣に住んでいたのが由吉さんでした。私が住み着いた当初は、由吉さんも朝早くから夜遅くまで頑張って働いていました。ところが、そのうち働きに出ることが少なくなり、お酒も呑みはじめました。壁を通して、由吉さんのうめき声も聞こえるようになりました。私はたまらずに駆け込み、事情を訊ねました」

幸之助は辛そうに顔を歪め、

「最初のうちは話してくれなかったのですが、そのうちに辛い胸の内を語ってくれました。博打のせいで、女房を売り飛ばす羽目になった。なんとか、助け出そうと心を入れ替えて働いて来たが、いくら稼いでもたかがしれている。もう、女房を救い出すなんて無理だと泣き出したんです」

「それで同情したのか」

「かみさんのお幸という名前は私の死んだ妹と同じ名でした。妹は十九歳で胸を患ってあっけなく死にました。もう十年前のことです。私は死目にも会ってません。名前のせいか、妹のように思えてならなかったんです」

生暖かい夜風が吹きつけた。

「由吉さんは首をくくる前の晩、私に深川佃町の『花家』にお幸を訪ねてくれないかと言ったのです。あっしに代わって、すまねえとひと言伝えてくれと」

伊十郎は深くため息をつき、話の続きを待った。

「次の日、由吉さんは樹の枝に縄をかけてぶらさがっていました。長屋のひとたちでお弔いをしましたが、私は由吉さんの最期の頼みを聞いてやろうと、しばらく経ってから『花家』に行きました。はじめて、お幸さんを見たとき、私は驚きました」

幸之助はふっと息を吐き出し、

「死んだ妹によく似ていたんです。私は由吉さんから頼まれて来たと言いました。お幸さんはとても驚いて、あのひとは元気ですかと縋るような目できいたんです。その目を見たら死んだとは言えませんでした。元気で、働いている。そう言ってしまったんです」

「お幸は素直に信じたのか」

伊十郎は耐えきれなくなってきいた。

「はい。お幸さんは由吉さんが迎えに来るのを待っているようでした。ですから、それからも、由吉さんに頼まれて来たと言いつづけました。なぜ、顔を見せてくれないのかときかれ、身請けするまで会うのは我慢しているらしいと言いました。でも、だんだん、お幸さんの病状は悪化していき、なんとか養生してもらいたいと、『花家』の亭主に金を積んで頼んだのです」

「そういう金はみな自分の金だな」

「はい。お店で働いてこつこつ貯めたお金を小出しにしていました」

「だが、身請けに三十両が必要だ。その金を出したそうだな」

「はい」

幸之助は俯いた。

「身請けして、お幸をどこに住まわすのだ？」

「猿江村にある百姓家の離れが空いているそうです。そこで、養生をしてもらおうと思っています」

「そこで、由吉のことを正直に話すのか」

「いえ」

「隠し通すつもりか。しかし、いつかわかってしまうだろう」

「じつは、お医者さまの診立てでは、お幸さんはもってあと半年だと」

「半年……」

辰三が痛ましげに呟いた。

「せめて、その半年間だけでも、心穏やかな日々を送っていただきたいと思いまして」

「ありていに言うんだ。その金はどうした？」

伊十郎は鋭くきいた。

「ですから、私が働いて貯めたお金でございます」

「半年しか生きられないお幸のために長年こつこつ貯めた金を使おうというのか」

「はい」

「旦那はいずれ暖簾分けをすると言っていた。そのときに金を使ってしまっていたら、自分の店が持てぬ。それでも、金を出してやったというのか」

「お店を持つぶんはまだ、なんとかございます」

「幸之助。俺たちがなぜ、お幸とおまえの関係を深く突っ込んでいるかわかるか。いいか、『ほたる火』が『山形屋』の土蔵から盗んだのは百両じゃねえ。じつはな、俺は『山形屋』から出てきた『ほたる火』と出くわしたんだ。そんとき、もみ合った。『ほたる火』の懐に百両なんてなかった。せいぜい、半分の五十両だ」

幸之助が暗い中でも顔を強張らせたことがわかった。

「おう、幸之助」

辰三がどすのきいた声で威した。

「てめえ、金箱を調べるように言いつかって、ひとりで土蔵に入ったんだったな。そんとき、おめえの頭に『ほたる火』のせいにして金をくすねようという考えが浮かんだんじゃねえのか。どうだ。まだ、しらを切る気なら、このことを『山形屋』の主人に告げるぜ。飼い犬に手を嚙まれたようなもんだ。主人がどう出るか」

「私はなにも……」

幸之助は震える声で言う。

「幸之助」

伊十郎は大声を張り上げた。

「店の金を五十両も盗んだら、間違いなく死罪だ」

幸之助は体をぴくりとさせた。

「だから、必死に言い逃れをしたいのだろうが、もう逃れられぬ。これから、大番屋でじっくり話を聞こう」

がたがた震えている幸之助に、伊十郎は声を落として言った。

「俺たちだって鬼じゃない。正直に言えば、おまえの親切心を無駄にしたりはせぬ。どうだ、幸之助」

伊十郎が押さえつけるように言った。

「恐れ入りました」

　幸之助はくずおれた。

「私が五十両盗みました。調べると、五十両なくなっていました。そのとき、この金があれば、お幸さんを身請け出来ると思った瞬間、五十両に手を伸ばしていました。旦那さまには、百両がなくなっていると申し上げました」

「やはり、そうだったか」

「申し訳ございません。私が浅はかでございました」

　幸之助は泣き崩れた。

「旦那さまに正直に申し上げます。いえ、許してもらおうとは思っていません」

「幸之助」

　伊十郎はしゃがんで幸之助の顔を見た。

「おまえが五十両を盗んだのは自分のためでなく、哀れな女のためだ。そいつはよくわかった。だが、罪は罪だ」

「はい。どのようなお裁きでもお受けいたします」

「よし。よい心がけだ」

　伊十郎は立ち上がり、

「『ほたる火』が『山形屋』の土蔵から盗み取ったのは百両に間違いない」

「えっ」

幸之助が顔を上げた。

「よいか。由吉との約束を守り、お幸の残された日々を穏やかに過ごせるようにしてやるのだ。それが出来ぬときは、改めて事件をほじくり返す。よいな」

「では、私を……」

幸之助が伊十郎を見上げた。

「旦那の温情だ。いいか、決して裏切るんじゃねえ」

辰三が念を押した。

「はい。決して」

幸之助は嗚咽（おえつ）を漏らした。

「今夜もお幸のところに行くのか。だったら、早く行ってやれ」

「ありがとうございます」

幸之助は何度も頭を下げて去って行った。

「『ほたる火』には悪いことをしたな」

伊十郎がそう呟いたとき、またも手のひらにあのときの乳房の感触が蘇った。

第二章　音曲の師匠

一

　翌日の朝、伊十郎は屋敷から直接、神田鍛冶町にある呉服問屋『後藤屋』に向かった。

　昨夜、幸之助の件を片づけて帰宅すると、『後藤屋』から使いが来ていて、明朝お出で願いたいということだった。

『後藤屋』からは常々、付け届けをもらっているので、出仕前に出向いたのである。

『後藤屋』は漆喰の土蔵造りで、間口は広く、土間に入ると、たくさんの奉公人が立ち働いていた。

　板敷の間には幾つもの帳場があり、朝早くから客の姿も多い。

伊十郎の姿を見ると、番頭が飛んで来た。

「これは、井原さま」

「何かあったのか」

「は、はい。ただいま、旦那さまを」

番頭は奥に引っ込んだ。

すぐに、『後藤屋』の主がやって来た。

「井原さま。さあ、どうぞ、こちらへ」

主は帳場の奥の客間に案内した。

辰三もいっしょだ。この辰三、なかなか目端が利き、役に立つ。我ながら、いい手先を見つけたものだと思っている。

客間で向かい合ってから、後藤屋が訴えた。

「じつはきのう、ある旗本の奥方から依頼のあった反物が紛失してしまったのです」

「詳しく聞かせてもらおうか」

「はい。きのうの八つ（午後二時）過ぎごろ、五十絡みの商家の旦那と息子ふうのふたりがやって来て、息子の嫁にやりたいので反物を見せてもらいたいと申し出たのでございます。それで、番頭がいろいろ反物を出していると、もっと上等なものはないかと言うので、値の張るものも出しました。そのうち、京都西陣の真紅の反物に目をつけられました。これは、売りの約定済みですと申し上げますと、参考のために見せて欲しいと申されました」

後藤屋は焦っているのか、額に汗をかきながら話した。

「さんざん反物を広げたあと、また出直すといって、おふたりは引き上げました。そのあと、広げた反物を片づけ終えたとき、例の真紅の反物がないのに気づいたのでございます。番頭は他の手代が仕舞ったと思い、手代のほうは番頭が片づけたと思い込んで、紛失に気づいたのはふたりが引き上げてからだいぶ経ったあとでした」

後藤屋はふとため息をつき、

「ただ、そのふたりがほんとうに持って行ったのか証拠もなく、改めて店の中を探したのですが、やはり見つかりません」

「そのふたりに間違いない。五十絡みの男と若い男だな」

伊十郎はふたりの特徴を頭にたたき込んだ。

「井原さま。あの反物はきのうの午前中に旗本の奥方がお買い求めになり、四日後にお受けとりにいらっしゃることになっております。もし、そのとき、品物がなければ、私どもの信用に関わります。どうか、取り戻していただけないでしょうか。いえ、場合によっては、買い戻しても構いません」

「盗人に追い銭か」

「お店の信用には代えられません」

　後藤屋は悲壮な覚悟で言った。

「わかった。期限はあと三日だな」

「はい。さようでございます。三日後に、奥方さまがじきじきにとりにこられるとのことでございます」

　後藤屋は縋るように伊十郎を見た。

　商家では店から使い込みや咎人がでると世間に対しての信用を失うので、そういった場合には同心にうまく取り計らってもらうために常日頃から付け届けをしている。

　これは、商家だけでなく大名家でも同じだ。自分の家来が事件に巻き込まれたときにお家の名が出ないように気づかってもらう。したがって、同心は方々から付け届けをもらっている。

伊十郎は『後藤屋』の主人からだいぶ付け届けがある。そのこともあって、後藤屋は、世間に知られないようにこっそり手を打って欲しいと頼んでいるのだ。

「きっと取り返してみせる。安心して待て」

伊十郎は請け合った。

「よろしくお願いいたします」

後藤屋は何度も頭を下げた。

『後藤屋』を出ると、小者の松助が御用箱を持って待っていた。

「なんだったんですかえ」

松助が辰三にきく。

辰三がかい摘んで説明した。

通りを色っぽい年増が伊十郎に流し目を送って行きすぎた。いままでなら、鼻の下を伸ばしたが、伊十郎はふんと笑っただけだ。

百合と出会ってから、俺はすっかり変わったと、伊十郎は自分でも思っている。

辰三の説明が終わるのを待って、伊十郎はきいた。

「心当たりはあるか」

辰三は裏の世界にいた人間だ。

「さっきから思いだそうとしているんですが……」

辰三は焦れったそうに自分の頭を叩いた。

「すいやせん。すぐには思いだせそうにもありません。ちょっと昔の仲間を当たってみます」

「そうしてもらおうか。俺は質屋を当たってみる。『後藤屋』を出た足で、質入れするとは思えないが」

「『山形屋』のほうはどういたしやす？」

「百両盗まれたと届けを出させよう。『ほたる火』がそう簡単に捕まるとは思えんからな」

『ほたる火』が捕まって、『山形屋』から盗んだのは五十両だけだと自白されたら面倒なことになるが、そのときはそのときだと腹をくくった。

「そうですか。じゃあ、あっしはさっそく深川辺りの昔の仲間に当たってみます」

辰三は足早に去って行った。

伊十郎は町廻りをやめ、質屋廻りをはじめた。なにしろ、三日以内に反物を見つけ出さないといけないのだ。

まず、神田須田町にある質屋に顔を出した。

「これは、旦那」

帳場にいた頭髪の薄い主人がいかめしい顔に愛想笑いを浮かべた。

「西陣織の真紅の反物を持ち込んだ者はいないか」

伊十郎は反物の特徴を言う。

「西陣ですかえ。いいえ」

盗品を質物にとったら、質屋は処罰される。

「もし、これから、そんな反物を持ち込んだ人間がいたら、すぐに知らせるんだ」

「畏(かしこ)まりました」

そこを出てから、次々と質屋をまわった。

途中、大伝馬町に差しかかったので『山形屋』に寄った。

番頭の幸之助が近づいて来て頭を下げた。

「心配するな。普段どおりしているんだ」

「ありがとうございます」

「お幸はどうだ？」

「はい。今夜、身請け証文をかわすことになりました」

「そうか。悔いのないようにすることだ。主人を呼んでもらおう」

「はい」

幸之助は奥に向かった。

すぐに、山形屋がやって来た。

「盗まれた金のことだが……」

伊十郎が切り出すと、山形屋が遠慮がちに口をはさんだ。

「井原さま。その件でございますが、盗難のお届けの件は差し控えようかと存じまして」

「どういうことだ？　百両といえば、大金だ」

「はい。『ほたる火』に入られたことを井原さまに指摘されるまで気づかなかったことは、私どもの迂闊さを世間に広めるようなもの。信用の失墜は百両どころの痛手ではすみません。したがいまして、涙を呑んで諦めることにします。それに」

山形屋は言いよどんだ。

「『ほたる火』が捕まって金が戻って来ることは、期待出来ないということか」

伊十郎が言うと、山形屋は正直に頷いた。

「申し訳ございません」

山形屋は急いで懐から財布を出し、金を懐紙に包んで伊十郎の袖に入れた。

「どうぞ、よしなに」

「いや。商家にとって世間の信用が第一。そのほうの判断ももっともだ。いいだろう」

伊十郎はそらとぼけた顔で受け取って言う。

「邪魔した」

外に出て、覚えず空を見上げた。伊十郎は肩の荷を下ろした。これで、この盗難騒ぎが後日、蒸し返されることはないのだ。

「旦那、どうしたんですね。顔が綻んでいますぜ」

松助が不思議そうにきいた。

「なあに、さすが山形屋だと思ってな」

そう言って、伊十郎は歩きだした。

次の質屋に向かい、高砂町にやって来た。ふと気づくと、音曲の師匠の家の前に来ていた。

いままでだったら、どんな師匠か、顔を拝んでみたいと思うところだが、いまの伊十郎にはそんな気はさらさらない。

格子戸が開いて、若い女が出て来た。伊十郎に気づくと、軽く会釈をして、そのまま下駄を鳴らして小走りに去って行った。

女は惣菜屋に入った。夕餉の仕度か。ふと、三味線の音が聞こえて来た。稽古をつけているのか。

その夜、伊十郎は夕餉のあと、木刀を持って庭に出た。

諸肌脱いで、素振りをはじめた。伊十郎は梶派一刀流の皆伝の腕前である。やがて、肩の筋肉や厚い胸板に汗が滴り落ちて来た。

半刻（約一時間）近く経ったころ、庭にひと影が現れた。伊十郎は素振りをやめ、松助が用意していた手拭いで汗を拭った。

「旦那。こんな時間にすいやせん」

やって来たのは辰三だった。

「なにかわかったか」

手拭いを松助に渡してから、伊十郎は改めて辰三の顔を見た。

「へえ。じつは思いだしたんでさ。五十絡みの男はまやかしの吾助っていかさま師だと思います。以前、偶然に会ったことがあります」

「まやかしの吾助？」

「へえ、役者上がりで、変装もうまく、声色も得意なので、なんにでも化けるっていう男です。誰も、素顔は知らないんです」

「なんだか始末の悪そうな男だな」

「へえ。もうひとりの男はわかりませんが、吾助は閻魔(えんま)の円蔵(えんぞう)のところに出入りをしていたことがあったので、円蔵の家の辺りを聞き込んでいたら、案の定、円蔵の家に入って行く五十絡みの男を見た者がいました。たぶん、まやかしの吾助だと思います」

　辰三は話した。

「そうか。閻魔の円蔵のところに持ち込んだか」

　伊十郎は苦い顔をした。

　閻魔の円蔵とは背中に閻魔の彫物をしているところからそう呼ばれているが、住いも法乗院(ほうじょういん)の裏手にある。この境内に閻魔堂があり、『深川の閻魔さま』として信仰を集めているが、円蔵のほうは地獄の閻魔だ。盗品買いの親玉である。

　盗人が盗品を金に換えるには質屋か古着屋、古鉄屋などに持ち込むのだが、いまは取締りも厳しくなり、質屋は盗品を受け取ると処罰されるようになっている。

昼間、伊十郎は質屋をまわったが、どこにも反物を持ち込んだ者はいなかった。

そうなると、盗人は品物の処分に困る。

だが、裏社会に円蔵のような男がいるのだ。古物店の看板をあげているが、実態は盗品買いである。

盗品買いとわかっていながら、奉行所が手を出せないのは、証拠がないからだ。うまく捌いているのだ。円蔵には口の固い裕福な客がついており、盗品を秘密裏に売り捌いている。

「で、円蔵のところに行ったのか」

伊十郎は確かめた。

「へい。円蔵は盗品など扱わないから帰ってもらったと言っています。ですが、あっしの睨んだところ、円蔵は買っていますぜ」

「だろうな」

伊十郎は冷笑を浮かべた。

「で、どうだ？　返ってきそうか」

「じきじき、旦那にお出ましいただきたいとのことです」

辰三は顔をしかめて言う。

「図に乗りやがって」

いまいましげに伊十郎は口許を歪めた。

「条件は何だ？」

「それも、旦那にじかに言うってことです」

「何か考えていやがるな」

伊十郎は思案顔になった。

円蔵を捕まえないのは、盗品買いという証拠がないということもあるが、探索に何かと重宝だという面もある。

極端にいえば、円蔵のもとに江戸中の盗人が集まって来ているといっても過言ではない。ときには円蔵の力を借りなければならないこともあるのだ。

「どうしやす？」

辰三がきいた。

「仕方ねえ。行かざるを得まいな」

伊十郎は舌打ちした。

まずは西陣織の反物を取り返さねばならない。

「どうだ、呑んで行くか」

「いえ、もう遅いですから」

「そうか。ご苦労だった」

伊十郎は辰三を見送ってから濡縁(ぬれえん)に上がった。木刀を振り、気持ち良い汗をかいたので、夜風が気持ち良い。

こんな夜に、百合がいてくれたらと、またも会いたい衝動に襲われた。俺はすっかり、百合にいかれてしまったらしいと、伊十郎は苦笑した。

二

翌日の昼過ぎ、伊十郎と辰三は油堀(あぶらぼり)川沿いを閻魔堂橋に向かった。富岡橋が正式な名だが、閻魔堂の近くということからそう呼ばれるようになった。

小さな橋である。閻魔堂橋を渡ると、間もなく閻魔堂がある法乗院の前に差しかかった。その前を過ぎ、角を曲がる。

閻魔の円蔵がやっている古物店の『最古堂(さいこどう)』が現れた。いちおう古物店らしく、店先に鎧(よろい)や仏像が並んでいる。

辰三は店に入って、店番の番頭に声をかけた。

「主人はいるかえ」

店番の者は退屈そうに煙管（キセル）をくわえていた。

「これは親分さん」

目を細めて煙を吐いてから、煙管を煙草（タバコ）盆の灰吹にぽんと叩いた。

「少々、お待ちください」

番頭は立ち上がった。

すぐに戻って来て、

「どうぞ、こちらへ」

と、番頭は帳場の奥の部屋に招じた。

「邪魔をするぜ」

伊十郎も腰から刀を外し、上がり框（かまち）に足をかけた。

四畳半の部屋は商談に使われる場所のようだ。しばらくして、閻魔の円蔵がやって来た。閻魔という呼び名とは正反対な印象の穏やかな顔だちの男だ。

体は大きいが色白で、口許にあるかないかの笑みを湛（たた）えている。ほんとうに、この男の背中に閻魔の彫物があるのかと信じられない雰囲気である。

「井原さまがわざわざ私のようなもののところにいったいどのような御用でござ

りましょうか」

　円蔵はやさしい口調で言う。

「辰三から話を聞いているはずだがな」

　とぼけやがってと思いながら、伊十郎は切り出した。

「『後藤屋』から盗み取った反物を返してもらいたい」

「辰三親分にも申し上げましたが、あの品物は確かにうちに持ち込まれましたが、出所が怪しいので受け取りませんでした」

「持ち込んだのは誰だ？」

「いえ、はじめての客で」

「盗人をかばうつもりか」

　伊十郎は語気を強めた。

「とんでもない。その者は、たまたまうちを頼って来ただけでして」

「ここなら盗品を買い取ってくれるからか」

「井原さまもご冗談がきつうございます」

　円蔵はおかしそうに笑った。

「まあいい。名前ぐらいきいているだろう」

「いえ、名乗りませんでした。その男は、ある人間から処分を頼まれたと申しておりました。おそらく、盗んだ人間との間に何人か介在しているのではないでしょうか」

円蔵は顔色を変えずに言う。

「まやかしの吾助だそうだな」

「さあ、名前はなんといいましたか」

「とぼけても無駄だ。まやかしの吾助は何度かこの店の敷居をまたいでいるはずだ。調べはついている」

「そう仰られても」

「知らぬというのだな」

「はい」

「その男を追い返したと言っていたが、素直に引き下がったのか」

「なんのかんのと粘っていましたが、しまいには諦めて帰りました」

「いや、おめえは知らないようだから、教えてやるが、まやかしの吾助は簡単に諦めるような男ではないらしい。また、やって来るはずだ」

「いや、そんなことはないでしょう」

「いや、来る」

伊十郎は頑固に言い張り、

「よし、これから、この店を見張らせる。すまぬが、俺の手の者をここに居候させてもらおう。その男が現れたらとっつかまえる」

と、強引に言った。

「もう、二度と現れないと思います」

露骨に顔をしかめて、円蔵が強い調子で言う。

「いや、現れるまで待つ。辰三」

「へい」

伊十郎は隣にいた辰三に呼びかけ、

「誰かをしばらくここに住み込ませたい」

と、告げた。

「ご冗談でございましょう」

「冗談ではない」

「あっしが泊まり込みます。十日でも二十日でも」

辰三が円蔵に冷たい目を向けて言う。

「それは困ります」

「なぜだ？」

「他人に家に入り込まれたら、落ちつきません」

円蔵は不快そうに言う。

「円蔵。ひょっとしたら、反物はここにあるんじゃないのか。場合によっては家捜しをしてもいいんだ」

「別に家捜しされても構いませんが」

円蔵の目に微かに不安の色が差した。

「円蔵。もう、駆け引き抜きで行こう。『後藤屋』から盗んだ反物を返してもらいたい。そしたら、犯人探しはやめる。どうだ？」

「その者からただで反物を取り上げるわけには参りません。『後藤屋』に買い取っていただくわけには参りませんか」

「わかった。円蔵。この話はなかったことにしよう」

伊十郎はにやりと笑い、

「円蔵。おめえが盗品を買い取ったという疑いがある。家捜しをさせてもらうぜ。辰三、こいつらが反物をどこかに移すといけねえ。見張っていろ。俺は奉行所に戻って人手をかき集めて来る」

そう言い、伊十郎は立ち上がった。

「家捜しして、もし捜し物が出てこなかったらいかがいたしますか」

円蔵は見上げて言う。

「腹を切ってもいいぜ。だが、反物は見つからなくても、他に何かが見つかるかもしれねえ。そんときは、おめえも覚悟することだ」

伊十郎は動ぜずに言った。

「井原さま。お互い、もう無意味な駆け引きはやめましょう」

苦笑しながら、円蔵が言う。

「やはり、井原さまはなかなかの御方でございます」

「世辞なんていらん」

「いや。世辞ではございません。わかりました。私が反物を見つけ出しましょう。二、三日、お時間をいただけましょうか」

「一日だ」

「わかりました。明日の夕方までに必ず見つけ出してみせます」

「よし」

伊十郎は円蔵のところを引き上げた。

もう、外は夕闇が迫っていた。

「食えねえ野郎ですね」

辰三が唇をひん曲げていまいましげに言う。

「きのうは、旦那が来ればすんなり話すようなことを言いやがって。旦那、少し痛めつけておいたほうがいいんじゃないですかえ」

「まあ、怒るな。円蔵が約束したんだ。反物は返ってこよう。あれで使いようによっては役に立つ」

伊十郎は苦笑しながら言った。

再び永代橋を渡っていると、残照の富士の姿が浮かび上がった。

「いい眺めだ」

伊十郎は立ち止まって、後光が射したような富士に見入った。

いつしか残照に輝く富士の姿に、かつてつきあってきた女の姿を重ねた。

だが、百合を知ってから、伊十郎はすべてが一変した。いままで夢中になった女たちがすっかり色あせている。それほど、百合の女っ振りは別格だった。どの女も富士のお山ではなかった。

百合こそが遠くにそびえる富士のような女だ。その高嶺の花が俺のものになると思うと胸が高鳴る。

あっという間に残照は消え、富士も闇に隠れた。

「はかないものだ」

伊十郎は呟いたが、口許に笑みは残っていた。

残照に映える富士は消えても、百合の美しさは永遠のように思われた。

永代橋を渡り、小網町にやって来た。

「おや、あんなところに呑み屋があったか」

日本橋小網町二丁目に入り、思案橋に差しかかったとき、伊十郎は提灯の明かりに気がついた。『おせん』という店だ。

昼間、何度か通ったことがあるが、まったく気づかなかった。

思案橋は日本橋川から分かれた東堀留川のとば口にかかる橋で、東堀留川の先にある親父橋とともに吉原を作った庄司甚右衛門の縁で名付けられた。

この辺りを鎧河岸といい、川向こうの南茅場町とを渡し船が通っていた。

「ここひと月ほど前に開店した店ですよ。かなり、繁盛しているって話です」

辰三は訳知り顔に言う。

「そうか。ちょっと寄って行くか」

「いえ、旦那。帰りましょう」

あわてて、辰三が言う。

「辰三。俺の奢(おご)りだ。心配すんな」

伊十郎が言うのを、辰三は懸命に引き止めにかかった。

「旦那。それなら、葭町(よしちょう)の呑み屋のほうがいいですぜ」

辰三はむきになって言う。

「辰三。この店に何かあるのか」

伊十郎は怪しんだ。

「いえ、なんにもありません」

辰三はあわてて首を横に振る。

「辰三。この店のことを知っているのか」

伊十郎は辰三を問いつめるようにきいた。

「いえ。知っているってわけじゃありません」

「辰三、何を隠しているんだ？」

伊十郎は執拗(しつよう)になった。

「隠したりしちゃいませんぜ。じつは開店の折り、家主に引き合わされました。一度だけ、入ったことがございます」

「料理がうまくないのか」

辰三が気が進まない理由を料理のことだと思った。

「いえ、こいつがなかなかのものですぜ。吉蔵という年寄りの板前の腕がいいので評判ですぜ」

「じゃあ、なにが気にいらねえんだ？」

「別に、気に入らねえわけじゃありませんぜ」

「なるほど、女っ気がないのか」

合点したように、伊十郎は言った。すると、辰三がすかさず、

「とんでもない。色っぽい女将ですぜ。料理よりも、女将目当てで通って来る男が多いんじゃねえですかえ」

言ってから、辰三はあわてて口を押さえた。

「いえ、旦那。そんな、他人がいうほど、色っぽいわけじゃねえんですよ」

「なるほど。そのことか」

伊十郎はにやりと笑った。

「むきになって否定するところをみると、女将はほんとうに色っぽいようだな」

伊十郎は笑みを浮かべた。

辰三がため息をついた。

「なんだ、辰三？」

伊十郎は辰三を睨み付けた。

「いえ」

「まあいい。寄っていこう」

「旦那、いけねえ。色っぽい女将のいる呑み屋はいけねえ」

辰三がまたもむきになった。

「なぜだ？」

「だって、旦那には百合さまがいらっしゃいますから」

「百合……」

とたんに、伊十郎は萎縮したが、すぐに百合の顔を振り払った。

「百合は関係ねえ」

「でも、他の女にうつつを抜かされちゃ、あっしが困ります」

「なにを言いやがる。まるで、俺が女好きみたいではないか」

「みたいですかねえ」

辰三がつい口にし、あわてて自分の手で口を塞いだ。

「ちぇっ」

伊十郎は不機嫌になった。

「辰三は、そんなことを心配していたのか」

辰三は何もわかっていないと思った。いまの俺は百合以外の女など目に入らないと、よほど口にしようかとも思った。

「まあ、いい。軽く呑んでいくだけだ」

伊十郎はさっさと店の戸口に向かった。

「ちっ、これだからな」

辰三は呆れたように言ったが、

「まあ、いいか。旦那の奢りだ」

と、ついてくる。

「なに、ぶつぶつ言っていやがるんだ」

そう言ってから、伊十郎が戸障子に手をかけようとするのを、辰三があわてて止めた。

「旦那がいきなり顔を出したんじゃ、女将や客も何かあったのかと驚きますぜ」

「かまやしねえよ」

「旦那。そんな無粋な真似(まね)をしたんじゃ、女将に嫌われますぜ」

「ほう」

伊十郎はにんまりした。

「なるほど。そういうわけか」

「なんですね」

「なんだかんだと言いやがって、おめえこそ女将にぞっこんのようだな。心配するな。俺はもうそこら辺の女には興味はない」

伊十郎は辰三の背中をぽんとついて、

「さあ、先に入れ」

と、急(せ)かした。

「じゃあ、まずあっしから」

そう言い、辰三が先に店に入った。

伊十郎は戸の外で聞き耳を立てていた。

いらっしゃいませと女の少し鼻にかかった声が聞こえた。声も色っぽい。女将だろう。

「まあ、親分」

「女将。あっしが世話になっている旦那をお連れしたんだ。ちょっといいかえ」

「よございますとも」

「そうかえ。じゃあ、呼んで来る」

戸が開いて、辰三が顔を出した。

「旦那」

「うむ」

以前だったら、伊十郎は期待に胸を膨らませて店に入ったものだ。しかし、いまはなんということもない。

まっさきに細身の女の顔が目に飛び込んだ。小さな顔に潤んだ目が頼りなげな風情だ。
二十五、六のうりざね顔の女だ。なるほど、垢抜(あかぬ)けた女だ。華奢(きゃしゃ)な体つきで、一見病的な感じを与える。男たちがつい手を差し伸べてやりたくなるような女だ。
「いらっしゃいませ。どうぞ、こちらへ」

女将が伊十郎に微笑(ほほえ)みかけた。

「うむ。世話になる」

「どうぞ」

女将は小上がりの奥に案内した。

「いい店だ」

伊十郎は見回す。職人体の男や日に焼けた男たちが酒を呑んでいる。

「ありがとうございます」

「何か困ったことがあったら、この辰三に遠慮せずに言うんだ」

伊十郎は辰三の顔を立てるように言う。

「はい。辰三親分にはお世話になっております」

傍らで、辰三が首をすくめた。

「そうか。この男がついていれば、女将も安心だ」

「とても心強く思っています」

「酒をもらおうか」

伊十郎は女将に言った。

「はい」

女将が去ったあと、

「旦那、ほんとうにだいじょうぶなんでしょうね」

と、辰三が不安そうにきく。

「なにがだ？」

伊十郎はうんざりしたように言う。

「あっしは、佐平次親分からも頼まれているんですぜ。旦那は腕っこきの同心だが、酒と女に弱いのが玉にきず。だから、しっかり見張っていろと、言われているんです」

「佐平次め。よけいなことを言い残しやがって」

かつて伊十郎が手札を与えていた岡っ引きの佐平次はいまは稲毛伝次郎の手先となって芝に住んでいるのだが、佐平次は伊十郎が酒と女で何度か失敗をしそうになったことを知っているのだ。

伊十郎は真顔になって、

「俺はもう女にうつつを抜かすような真似はしないと誓ったんだ。そんな心配など、しなくていい」

と、怒ったように言う。

「そうですかえ」

辰三は疑い深そうに言う。

「なんだ、その言いぐさは？」

「旦那。女将に聞こえますぜ」

辰三が注意をした。

「少しは、俺を信用してくれたらどうだ？」

「へえ」

辰三は頷いた。

「お待ちどおさま」

女将が酒を運んで来た。

「さあ、どうぞ」

女将が酌をした。

「すまねえ」

女将の二の腕の白さに目が奪われたのを隠すように、

「この店はひと月ほど前からだそうだな」

と、伊十郎は女将に声をかけた。

「はい」

「その前は何をしていたんだ？」

「しばらく仲町に出ていました」

「芸者か」

さぞかし売れっ子だったのだろうと想像し、どこかの旦那に落籍(ひか)されたのかと思ったが、初対面でそのことを確かめることは憚(はばか)られた。

そのとき、戸口に新しい客が入って来た。肩の筋肉が盛り上がって、渋い様子の浅黒い顔をした男だ。三十前だ。

どこかで見かけたことがあると思った。店の中を見回し、空いている場所に向かった。

伊十郎はあっと思いだした。お幸のいる『花家』で見かけた男だ。

女将が注文をとりに行き、戻って来た。

「あの客はよく来るのか」

伊十郎はきいた。

「いえ、きょうで二度目です。何か」

「いや。なんでもない」

女将が去ったあと、

「旦那。どうかしましたかえ」

辰三が浅黒い顔の客にちらっと目を向けてからきいた。

「いや、『花家』の客だ。内証から見かけた男だ」

「そう言われてみれば、そうですね」

辰三もさりげなく男を見た。

男は運ばれた酒を手酌で呑みはじめた。孤独感の漂う暗い翳が気になる。日傭取りでもしているのか。

「辰三」

伊十郎が呼びかけたが、辰三は気がつかない。視線は女将を追っていた。辰三は男のことより女将のほうが気になるらしい。

苦笑して、伊十郎は手酌で酒を呑んだ。

「旦那、何か言いましたかえ」

辰三がふいに顔を向けた。

「どうやら、あの女将にぞっこんいかれちまっているようだな」

伊十郎はからかうように言った。

「とんでもねえ。あっしは、女なんか……」

「隠すな。どうりで、女将に俺を会わせたがらなかったわけだ」

「いや、そういうわけじゃ……」

「辰三。心配すんな。正直に言うと、以前の俺だったらあの女将に手を出そうとしたかもしれねえが、もうそんなことはしねえよ。安心しな」

伊十郎はわざと乱暴な口調で言った。

辰三は安心したような顔になった。

「旦那。そういえば、最近、『ほたる火』は出没しませんね。それとも、難に遭ったこともわからないんでしょうか」

「そうだな」

また手のひらの感触を思いだしたが、もうひとつのことも思いだした。投げた十手が、『ほたる火』の足に命中したのだ。

ひょっとして、あの足の怪我が長引いているのかもしれない。

ふと気づくと、例の男が引き上げるところだった。

「俺たちも引き上げるか」

「へい」

伊十郎は財布を取り出し、辰三に渡した。

「勘定を払って来い」

「へい」

辰三は女将を呼ぶ。

「よろしいんですよ」

女将が受け取ろうとしないのを、

「客で来ているんだ。ちゃんととっておきな。あっ、つりはいいぜ」

と、辰三はいい気になって言った。

女将に見送られて外に出てから、

「旦那。馳走になりました。すいやせん」

と、辰三がぺこりとした。

「なかなか、いい女だ。辰三、頑張るんだな」

「そんなんじゃありませんよ。あっしはただ……」

辰三があわてて言うのを聞き流し、

「いい月だ」

と、伊十郎は空を見上げた。

皓々と照る月に、ふと百合の姿が浮かび上がった。急に会いたくなって、胸が切なくなった。

これがふつうの女ならこれからでも相手の家に押しかけるところだが、旗本の娘ではそれも出来ない。

伊十郎はつい深いため息をついていた。

三

二日後の朝、伊十郎は湯屋に行った。朝湯から帰ると、若党の半太郎が出て来て、

「『後藤屋』の主人がお待ちです」

と、言った。

「あいわかった」

伊十郎は居間の刀掛けに刀をかけ、客間に向かった。

『後藤屋』の主人が待っていた。

「井原さま。このように早い時間に申し訳ございません。このたびはありがとうございました」

後藤屋が頭を下げた。そのことで、閻魔の円蔵が反物を返したことを知った。

「戻ったか」

「はい。ゆうべ、井原さまの使いだという男が持って来てくれました。確かめましたが、間違いなく盗まれたものでございました」

後藤屋はうれしそうに言った。

「そうか。それはよかった」

「これはささやかでございますが」

後藤屋が袱紗(ふくさ)を開いて小判を差しだした。五両はあろうか。

「このような真似はせんでもよいのだ」

伊十郎はいちおうは断ってみせた。

「いえ、『後藤屋』の信用に関わることでございました。それを無事に解決していただいたのですから」

「そうか。では、遠慮なく頂戴(ちょうだい)しよう」

伊十郎は小判を鷲掴(わしづか)みにした。

「でも、どうして、井原さまはあの品を取り返すことが出来たのでございましょうか」

後藤屋が不思議そうにきいた。

「盗品買いの元締めを締め上げただけだ」

伊十郎は笑った。

「そうでございますか」

「元締めの奴、買い取れと抜かしたから少し威(おど)してやったのだ。効き目があったようだ」

「ほんとうに井原さまのおかげでございます」

「で、旗本の奥方はきょうやって来るのか」

「はい。これで堂々とお迎えすることが出来ます」

「まあ、なにはともあれよかった」

「はい。こんな朝早く、申し訳ございませんでした」

後藤屋はなんども頭を下げてから、

「では、私はこれで」

と、帰り支度をはじめた。

「わざわざごくろうであった」

伊十郎は後藤屋を見送った。

小判を握り締め、思わぬ実入りに覚えず顔を綻ばせた。

それから、改めて朝餉をとった。

円蔵に礼を言っておかねばなるまいと、伊十郎は飯を食べながら考えていた。

食えない野郎だが、こんどばかりは助かった。

その日の夕方、町廻りを終えて、江戸橋の北詰で小者の松助を先に帰してから、伊十郎は辰三といっしょに深川に足を向けた。

円蔵に挨拶をしておこうと思ったのだ。

小網町に入り、思案橋に差しかかったとき、橋の真ん中に男が立っていた。

「旦那。例の男ですぜ」

辰三が小声で言った。

「そうだな」

『花家』で見かけ、二日前に『おせん』で見かけた色の浅黒い男だ。

男は橋の欄干に手をかけ、川面を見下ろしていた。

伊十郎と辰三は男の背後を通りすぎた。

「誰かを待っているんですかねえ」

辰三が気にして振り返った。

「女でしょうか」

「さあな」

伊十郎はあの男の暗さが気になった。

思案橋を渡ると、『おせん』の前を通る。まだ、暖簾(のれん)はかかっていない。辰三は気にしながら、通り過ぎた。

永代橋を渡り、油堀川沿いに出て、やがて閻魔堂橋から閻魔堂がある法乗院の前を過ぎた。しばらくして、角を曲がると、古物店の『最古堂』の看板が見えて来た。

伊十郎が店先に立つと、店番をしていた若い男が愛想笑いを浮かべ、こっちが何も言わないうちから、どうぞ、と帳場の横の客間に招じた。

円蔵は伊十郎がやって来ると思っていたのだろう。この前と同じ部屋で待っていると、大柄な円蔵はおもむろに姿を現した。

「これは井原さま。わざわざお出でいただきまして」

円蔵は得意そうに言う。この野郎と思ったが、今度ばかりは、助けられたことは否定出来ない。

「円蔵。このたびのこと、礼を申す。きのう、無事に反物が『後藤屋』に返ったそうだ」

伊十郎は素直に頭を下げた。

「それはよございました。井原さま。どうぞ、お顔をお上げになってくださいまし。かえって、痛み入ります」

円蔵は笑みを湛えているが、その穏やかな顔の裏に何が隠されているか、伊十郎は警戒を解いていない。

「まあ、今度ばかりは相手を説得するのに難渋しました。百両にはなると踏んでいたようでございますからね。それをふいにさせてしまうわけですから」

恩着せがましく、円蔵は言った。

「逆のことも言えるな。もしも、きのうまでに品物が戻らなかったら、俺は必ず盗人を探し出し、とっ捕まえた。そしたら、首が飛んだはずだ。それを免れただけでもよかったと思うことだ」

「しかし、捕まえられましょうか」

「なあに、手立てはいくらでもある。まず、この『最古堂』を徹底的に洗うことだ。『最古堂』を潰（つぶ）すにたる証拠はいくらでも出てこよう」

「しかし、そのようなことをすれば、江戸中の裏稼業の人間を敵にまわすことになりはしませんか」

円蔵は不敵な笑みを浮かべた。

「望むところだ。そうなれば、奉行所を挙げて闘うことになるだろう」

「さあ、そこまで出来ますか」

円蔵は蔑むように言った。

「奉行所の人間に付け届けがしてあるからと安心したら大きな間違いだ。いいか、俺たちを甘くみたら後悔することになるぜ。裏稼業の者のことはある程度調べている。ただ、泳がせているだけだ。目に余ることをしたら、いつでもとっ捕まえるようになっているのだ」

伊十郎が威すと、円蔵は苦い顔をし、

「しかし、奉行所にとっても我らの存在は重宝なはず」

と、言い返した。

「なあに、なければないなりにやれるさ。それに、なければ、盗品処分に困るようになるから、盗人も減るかもしれぬ」

「こんなことで言い合っても仕方ありませぬ」

円蔵は引き下がった。

「まあ、今回はそなたに世話になったのは間違いない。今度の件だけは目をつぶろう。ただし、次にやったら覚悟をするように言っておけ」

「畏まりました」

そう言って頭を下げた円蔵が微かに口許に冷笑を浮かべたのを見逃さなかった。おやっと、伊十郎は思った。その冷笑の意味は何か。

「井原さま」

円蔵が顔を上げた。さっきの冷笑は消えていた。

「じつは、お願いがございます」

「取引か。なんだ？」

「じつは、別の男からある品物が持ち込まれました。どうやって手に入れたのか、あやふやなのですが」

「目を瞑(つぶ)れと申すのか」

「はい」

「物はなんだ？」

「香枕(こうまくら)でございます」

　箱枕の中に香炉を入れて香を焚く。香気により深い眠りに誘われると同時に、髪によい香りをつける。

「詳しくはわかりませんが、この香枕はさる旗本の屋敷の納戸から盗み出したもののようです。使っていなかったものなので、紛失に気づいていないかもしれませんが。どうか、この香枕についてはご容赦を。さもないと、私の信用に関わりますので」

「その香枕はいいものなのか」

「はい。名月に秋草に止まって羽を広げて鳴く虫の蒔絵で、数十両はしましょう」

「そうか。あいわかった」

「ありがとうございます」

『最古堂』を出たあとも、伊十郎は円蔵の冷笑が頭から離れなかった。

「旦那。どうかしましたかえ」

　黙りこくった伊十郎に、辰三がきいた。

「円蔵の顔つきが気にいらねえ」

「あっしは最初から気にいりませんでしたがねえ」

「そうではない。奴は何かを隠している。そんな感じがしたんだ」

「隠す？」

「そうだ。奴は最後に嘲るように笑いやがった」

伊十郎はあの笑いが気になった。

「取引の香枕のことではないんですかえ」

「うむ。そうかもしれぬが」

香枕の件では伊十郎に譲らせることが出来るという安堵の笑みだったか。いや、それとは違う陰険さが垣間見えたが……。

「まあ、気にしても仕方ない」

そう言ってから、伊十郎は佃町の『花家』に足を向けた。

永代寺門前町から蓬萊橋を渡った佃町にやって来た。まだ、西の空は明るさを保っている。

陽が落ちるにはまだ間もあるが、『花家』の戸口には白粉の女が立っていた。客ではないとわかると、女は気だるそうに奥に引っ込んだ。辰三は土間に入り、内証を覗いた。

亭主の声が聞こえ、伊十郎も中に入った。

「お幸はどうした？」

伊十郎が亭主にきいた。

「ゆうべ、猿江村に移りました」

亭主は晴々とした顔で答えた。

「身請けされていったのか」

「はい。これでほっとしました。あんな病気の女を身請けしようなどという奇特な御方がいることに驚きました」

亭主は正直に答えた。

伊十郎も安心して『花家』を出た。

「旦那、どうします？　猿江村に行ってみますかえ」

お幸に会いに行くかと、辰三はきいているのだ。

「いや、これから行けば夜になる。後日、改めて顔を出そう」

「へい」

辰三は元気よく応じた。

伊十郎は辰三の腹のうちが読めた。『おせん』に寄りたいのだ。

「辰三。『おせん』に寄ってみるか」

「いえ、その……」

「寄って行きたいと顔に書いてあるぜ」

伊十郎が言うと、辰三はあわてて顔に手をやった。

永代橋を渡り、鎧河岸にやって来た頃にはようやく夕暮れが訪れ、『おせん』の軒行灯の明かりが仄かな光を投げかけていた。

戸障子を開け、辰三が先に店に入る。

「いらっしゃい」

と、女将が明るい声で迎えた。

すでに、職人体の男がふたり、酒を呑んでいた。

「井原の旦那。さあ、どうぞ」

「ちと、近くまで来たんでな」

「旦那。うれしいですよ。辰三親分、ありがとうございます」

おせんは妖艶(ようえん)な笑みを浮かべた。

「なあに」

辰三は柄にもなく照れた。

伊十郎と辰三は小上がりの奥で、壁に向かって座った。同心の顔が見えたのでは客が落ちつかなかろうというささやかな配慮だ。

「酒をもらおうか。つまみは適当に見繕ってくれ」

辰三が浮き立ったように声を弾ませた。

「辰三。なんだかここに来ると、おめえは生き生きしている」

「旦那。いやだな。からかわないでくださいよ」

辰三は顔をしかめて言う。

戸が開いて、新たな客が入って来た。さらに、続けてふたり。そのたび、女将は「いらっしゃい」と明るい声を出した。

「お待ちどおさま」

おせんが酒を運んで来た。

「だいぶ繁盛しているようだな」

「はい。おかげさまで」

忙しいので、女将はすぐに離れて行った。辰三ががっかりしている。

しばらくして、戸が開いて客が入って来た。伊十郎は何気なく振り向いた。また、例の男だった。

この前と同じ場所に座った。

おせんが注文をとりに行った。

さっき、思案橋に立っていた。まさか、いままで立っていたわけではあるまいと思ったが、少し気になった。

男の体から発散する何かが伊十郎を刺激するのだ。決して危険なものではないが、尋常なものとも思えない。

男は四半刻（約三十分）ほどで引き上げた。

「辰三。俺は先に引き上げる」

伊十郎は酒代を辰三に渡した。

「今の男ですかえ」

さすが、辰三もすかさずきいた。

「なんとなく気になるだけだから、俺ひとりでいい。おまえはゆっくりしていけ」

女将に断ることなく、伊十郎は店を飛び出した。

外に出て左右を見る。男の姿はなかった。深川の佃町かと思って、永代橋のほうに戻ったが、それらしき姿はなかった。

見失ったかと舌打ちしたが、ふと思いつき、思案橋に向かった。すると、暗い橋の上にひと影が立っているのがわかった。

例の男だった。やはり、男はこの橋で誰かを待っているのだ。夕方も立っていた。いや、ひょっとするともっと前から毎日、橋に来ていたのかもしれない。

伊十郎は橋を見通せる暗がりに身を隠し、男の様子を窺った。

半刻ほどして、男はようやく諦めたように、橋から離れた。伊十郎は男のあとをつけた。

男は東堀留川沿いから葭町を通り、浜町堀のほうに向かった。男の足取りは重いようだった。

待ち合わせの相手は女か。しかし、そんな艶めいた雰囲気は感じられない。何か切羽詰まったようなものがあった。

よほど声をかけてみようかと思いつつも、かえって警戒される可能性のほうが大きいと判断し、そのままあとをつけた。

男は高砂町に入った。五つ（午後八時）をまわり、小商いの店の並ぶ通りはひとの姿もまばらだった。男は俯き加減に戸の閉まった八百屋の角を曲がった。

長屋の路地に入ったのだ。木戸口から路地を覗く。ひと影はない。

少し間を置いて、伊十郎は長屋の木戸を入った。棟割り長屋だ。部屋の腰高障子には屋号や職業を示す丸に源の字や鉋の絵が描いてあったり、千社札が貼られていたりするが、一軒だけ無印の障子の住いがあった。おそらく、ここが男の家だと思った。

伊十郎は路地を出て、そのまま引き上げた。


翌日、伊十郎は朝五つ（午前八時）に出仕してから、御用箱を背負った小者の松助に奉行所の中間(ちゅうげん)を従えて町廻りに出た。

奉行所の外にはいつものように辰三とその子分の貞吉が待っていた。

伊十郎の一行は呉服橋を渡り、西河岸町から大通りに出て日本橋を渡って北に向かった。橋には大勢のひとが行き交い、魚河岸はまだ賑(にぎ)わいが残り、川にもたくさんの船が浮かんでいる。

各町内の自身番に寄り、町内に変事がなかったかを確かめ、町廻りを続けた。

そして、神田鍛冶町の自身番に寄り、何事もないことを確かめて次の町に向かいかけて、『後藤屋』の立看板が目に飛び込んだ。

『後藤屋』の前で、辰三や松助たちを待たせ、伊十郎は店に入って行った。

「これは井原さま」

ちょうど、主人が店先にいた。

伊十郎は土間の片隅に連れて行き、

「どうだ、きのうは何事もなく済んだか」

と、旗本の奥方が西陣織の反物を受け取りに来たかと訊ねた。

すると、後藤屋は戸惑い顔で、

「じつは、きのうはお見えになりませんでした」

「急用でも出来たのか」

「それが、何も言って来ません。おそらく、きょうお見えになるかと思われますが」

後藤屋はふと不安そうな顔になった。

「どうした？」

「はい。それが……」

後藤屋は一瞬迷いを見せたが、思い切ったように、

「じつは奥方さまは、必ずとりに行くと仰っていたのです。間違いなきようにと念を押されておりました。あれほど固く仰いましたから、必ずきのういらっしゃるものと思っておりました」

「日にちを取り違えたのではないか」

「いえ、私だけでなく、番頭も聞いております」

「そうか。向こうに事情が出来たにせよ、何か言ってくるのが筋だ。おかしいな」

「ともかく、きょう一日待ってみます。もし、現れなければ、明日にでもお屋敷にお伺いしてみます」

「それがいいかもしれぬ」

その間にも、客の出入りが激しい。

「邪魔した」

伊十郎は店を出た。

辰三たちは空を見上げていた。

「どうした？」

「あっ、旦那」

「急に、向こうの空にいやな雲が出て来たんですよ。雨になるかもしれませんぜ」

辰三が困ったような顔をした。

「夕方まで持つだろう」

伊十郎は言い、再び町廻りを続けた。

辰三が横に並んで歩きながら、

「『後藤屋』のほうはどうでしたか」

と、きいた。

「きのう、奥方は現れなかったようだ」

「現れなかったんですかえ。なんとかきのうまでに反物が間に合ったというのに」

辰三は苦笑した。

ふと、そのとき円蔵の嘲笑（ちょうしょう）が蘇った。あの笑いにどんな意味があるのか。奥方がとりに来ないことと何か関係でもあるのか。

いや、関わりがあるとは思えない。

各町内の自身番をまわり、途中、そば屋で昼食をとり、神田川を越えた下谷、浅草方面は明日にして、東に向かい、横山町から高砂町に入って来た。

「どうだ、変わりないか」

伊十郎は番人に声をかけた。

「はい。おかげさまで何事も」

「結構だ」

「なんだか、空模様が怪しくなってまいりましたが」

詰めていた家主が外を見て言った。

「うむ。降り出しそうだ」

伊十郎は顔をしかめたが、ふと思いだして、

「そこの棟割長屋の大家は誰だえ」

と、訊ねた。

「へえ、私でございますが」

奥にいた小肥りの男が名乗り出た。

「ちょうどよかった。ちょっとききたいんだが、あの長屋に三十前の色の浅黒い男がいるな」

「ああ、源助（げんすけ）でございますか」

小肥りの家主は答えてから、

「源助が何か」

と、顔色を変えた。

「いや。心配することではない。ある呑み屋で見かけてな。ちょっと、気になったのだ」

「気になる？」

家主は不安そうな顔になった。

「気になるというのは悪いほうの意味ではない。で、どんな人間なんだ？」

「はい。信州は佐久の出で、ひと月前にひと探しのために江戸に出て来たとのことです」

「ひと探し？」

「はい。近くの小間物屋の二階にしばらく居候していたんですが、その家の娘が出戻りで家に帰って来たため、出て行かざるをえなくなってしまったんです」

出戻りと聞いて、百合を思いだした。なぜか、甘酸っぱいものが込み上げて来た。

「それで、小間物屋のおかみさんがうちの長屋を世話したんです。悪い人間ではなさそうなので、ちょうど空いている部屋もあり、入ってもらいました」

「そうか。ひと探しか」

思案橋で佇んでいたのはひと待ちの様子だった。それも待ち人来らずだ。

誰かと思案橋で会う約束をとりつけていたのだろう。

自身番を出てから、

「ひと探しですかえ」

と、辰三は首を傾げた。

伊十郎は空を見上げ、

「降られぬうちに急ごう」

と、歩きはじめた。

途中、辰三と別れ、伊十郎の一行が奉行所に帰り着いたのは、七つ（午後四時）である。同心の御用時間は朝五つから七つまでであった。

再び、御用箱を背負った松助を連れて帰宅のために奉行所から出たが、雨はまだ降っていなかった。

楓川まで帰って来たとき、なぜか源助のことが気になった。

「松助。先に帰っていてくれ」

伊十郎は思いついて言った。

「へえ。どちらへ？」

松助がにやついて言う。

「ばかやろう。そんなんじゃねえ。源助のことが気になるんだ」

伊十郎は叱るように言った。

女のところに行くと思ったようだ。

「そうでした。旦那はもうひとりしか目に入らないんでしたね。失礼しました」

苦笑して、松助は先に八丁堀へ向かって橋を渡って行った。

まだ俺は信用がないらしいと、伊十郎は渋い顔になって川沿いを江戸橋方面に向かった。

それにしても、その後、高木さまから何も言って来ないが、祝言の話はどうなっているのだろうかと気になった。

まさか、急に破談になったわけではあるまいが……。いったん、そんな不安に駆られると、落ち着かなくなった。

明日にでも高木さまに確かめてみようと思うと、どうにか心のざわつきが鎮まった。

江戸橋を渡り、さらに伊勢町堀を越えて、思案橋にやって来た。だが、源助の姿はない。しばらく橋の袂(たもと)で佇んでいたが、源助がやって来る気配はなかった。このような雲ゆきだから、きょうは中止したのか。

伊十郎は高砂町の源助の長屋に足を向けた。何が気になるのか、自分でもはっきりしない。しかし、ひとを探しに信州から出て来たということも気になるのだ。

きょうは思い切って、源助に問いただしてみようと、高砂町に入り、八百屋の角の長屋木戸に入って行った。

源助の住いの前に立ち、腰高障子を開けた。声をかけたが、返事はない。中は暗かった。留守のようだ。

伊十郎は路地に出た。いまにも降り出しそうなので、住人は家の中に引っ込んでいるのか、ひと影はない。

伊十郎は木戸を出てから、どこかで時間を潰し、もう一度、源助を訪ねようとした。

雨雲のせいで、辺りは薄暗い。暇つぶしに、浜町堀に出た。川船も提灯に灯をつけていた。

ふと、冷たいものが顔に当たった。

とうとう降って来たかと、伊十郎が舌打ちしたとき、いきなり激しく降り出した。あわてて、駆け出し、近くの家の軒下に逃れた。

いきなりの激しい雨だったので髪から顔、それに羽織もだいぶ濡(ぬ)れた。庇(ひさし)の下にいても横殴りの雨が体にかかった。

そのとき、頭の横の連子窓(れんじまど)が開いて、

「そこでは濡れましょう。どうぞ、中にお入りください」

という女の声が聞こえた。

「いや、だいじょうぶだ」

伊十郎は答えたが、雨はさらに勢いを増したように思えた。

「さあ、どうぞ」

もう一度、女が言った。

「すまないが、お言葉に甘えよう」

伊十郎はそう言い、格子戸を開けて中に入った。

土間に立つと、若い女が手拭いを持って待っていた。

「どうぞ、お使いください」

「うむ。すまない」

いつぞや見かけた音曲の師匠の家から出て来た娘だ。そうか、ここは音曲の師匠の家かと、伊十郎は気がついた。三味線の音が聞こえなかったのでわからなかった。きょうは稽古日ではないのだろう。

手拭いを使い終えると、娘が言った。

「どうぞ、お上がりください」

「いや、ここで結構」

伊十郎は遠慮した。

以前なら、音曲の師匠がどんな女か興味を持ち、すぐに上がり込んだだろうが、百合を知ったいまはそんな気が起きなかった。

傘でも借りて引き上げようかと思っていると、奥から女が出て来た。

白地の涼しげな単衣(ひとえ)を着こなしたすらりとした女で、歳の頃なら二十七、八。憂いがちな目と紅い唇。首は細くて長く、うなじが眩(まぶ)しいほど白い。すべてが男心をそそるような妖艶な女だった。

伊十郎はしばし声を失った。

「どうぞ、お上がりください」

とろけるような甘い囁(ささや)きに、伊十郎は覚えず生唾を呑み込んでから、

「じゃあ、上がらせてもらおうか」

と少し上擦った声で言い、大刀を腰から外して雪駄を脱いだ。

隣の部屋に行くと、女は見台の前に座った。壁に三味線が三棹(さお)もかかっていた。角の柱の上に、穴八幡(あなはちまん)の一陽来復の御札が今年の恵方に向けて貼(は)ってあり、縁起棚の横には大きな熊手が飾ってある。

「お初にお目にかかります。私はふじと申します」

「おふじさんか。いい名だ。俺は八丁堀定町廻り……」

「はい。井原伊十郎さま」

おふじから言われ、伊十郎は気分がよくなった。

「知ってくれていたのか」

「はい。小粋に颯爽と歩いて行く井原さまを何度かお見掛けいたしております。お会い出来て、とてもうれしゅうございます」

おふじは震いつきたくなるような妖艶さで微笑んだ。

なんなのだ、この色気はと、伊十郎はおふじのとろけるようななまめかしい目つきに圧倒された。

「いや、俺も何度かこの家の前を通って三味の音を聞いていた。まさか、おまえさんのような女が師匠とは、俺も弟子入りしたいぜ」

このときの伊十郎は百合のことをまったく忘れていた。

「旦那にそう言っていただくと、うれしいですわ」

さっきの娘が燗をつけて、酒を持って来た。

「さあ、旦那。おひとつ」

「すまねえな」

伊十郎は湯呑みを摑んだ。

「おまえさんは、いつからここに？」

一口呑んでから、伊十郎はきく。

「半年前です」

「半年か。それまでは、どこかに出ていたのか」

芸者だったのかときいたのだ。

「はい。芝のほうで」

「ほう、芝か」

「さあ、どうぞ」

おふじが酒を注いでくれた。

「さっき、降られたときには雨を恨んだものだが、いまは感謝しなきゃならぬな」

伊十郎はだんだんいい気持ちになって来た。

「あら、私もですわ。井原さまとお近づきになれてほんとうによかった」

そう言って、おふじは両手で湯呑みを持って口に運んだ。

「あら、おつまみが何もありませんね。お光、お光」

おふじはさっきの女を呼んだ。しかし、返事がない。

「きっと、気を遣って二階に行ってしまったんだわ」

そう言って、おふじは立ち上がって、厨に向かった。

いい女だと、伊十郎はその後ろ姿に見とれた。

どうやら、男気はないようだ。だが、誰かの世話になっているのだろうか。

おふじが戻って来た。そのとき、ふと着物の裾から覗く足首に包帯が巻かれているることに気づいた。

おふじは腰を下ろして、持って来た器を置いた。

「こんなものしかありませんが、どうぞ」

「ほう、うまそうだ」

伊十郎は箸をつけた。貝と野菜の和え物だ。酢と味噌の味加減が絶妙だ。

「うむ。うまい」

伊十郎は顔を綻ばせる。

「おふじさん」

伊十郎は呼びかけた。

「まあ、おふじで結構でございますよ。旦那。なんですかえ」

大きな瞳で見返す。

「ちらっと見てしまったんだが、足、どうしたんだ?」

おふじは戸惑い気味に、

「すみません。お見苦しいものをお見せして」

「いや、そんなことはいいんだ。ただ、ちょっと心配だったのだ」

「私、そそっかしいんですね。躓（つまず）いて、足首を打ってしまったんですよ」

「危ないな」

「もう、だいぶいいんです。ほとんど痛みはなくなりましたから」

「そうか。十分に気をつけることだ」

「はい。ありがとうございます」

ふと、伊十郎の脳裏を『ほたる火』に投げた十手が命中したときのことがよぎった。あとで、傷口が痛んだのではないか。

おふじは徳利を振ってから、

「空ですわ。いま、持って来ます」

と、腰を浮かせた。

「もういい。まだ、仕事が残っているんだ。茶をもらおうか」

長火鉢にかかった鉄瓶が湯気を噴いている。

「はい。お光、お光」

さっきより大きな声で呼ぶと、お光が階段を下りて来た。

「お光。お茶をいれておくれ」

「はい」

お光は台所に向かった。

「旦那。これから、どちらへ」

「近くの長屋に住む男にちょっと用があるんだ。さっきは留守だった」

「そうでございますか。でも、旦那はお忙しいんでしょうね。いま、どんな事件を抱えていらっしゃるのですか」

「まあ、いま手を焼いているのは『ほたる火』だ」

伊十郎は口にした。

「『ほたる火』って、どんな……？」

おふじが窺うように伊十郎の顔を見た。吸い込まれそうな黒い瞳だ。

「まさに神出鬼没。どんな高い塀をも乗り越え、土蔵の錠前を簡単に破り、盗み金も百両まで」

「百両？」

「そうだ。百両まで。だから、大店では盗まれたことにしばらく気づかないところもあるほどだ」

「百両もとられて気づかないところもあるんですか」

おふじは興味を持ったようにきいた。

「いや、ここだけの話だが、じつは盗まれたのは五十両。だが、あとの五十両は番頭がくすねたんだ」

『山形屋』の名を伏せ、伊十郎は経緯を語った。

「まあ、病気の遊女の身請けのために使ったというんですか」

「そうだ。いい話じゃねえか。だから、『ほたる火』には悪いが、百両を盗んだことにさせてもらったんだ」

「そうなんですか」

おふじはため息混じりに言う。

「どうしたんだ？」

「いえ」

おふじはあわてて、

「その遊女、助からないんですか」

と、悲しげにきいた。

「残念だが、だめらしい」

「そうですか。ところで、その番頭さんって、どんな方なのですか。ずいぶん、首つりしたご亭主に同情したものですねえ。いくら、最期の頼みとはいえ、ふつうだったらそこまで出来ませんものね。仏さまのようなひとじゃないですか。そんなひとが、五十両盗むなんて、なんだかおかしいですね」

「うむ……？」

「それに、亭主の遺言のようなものだからといって、罪を犯してまで助けてやりたいという気持ちになるのかしら」

「そうだな」

　改めて言われて、伊十郎は考え込んだ。

「まるで罪滅ぼしみたい」

「罪滅ぼし？」

「いえ、単に私の出任せです。ごめんなさい。忘れてください」

　おふじの言葉が喉（のど）に何かがひっかかったように気になった。

「すっかり長居をしてしまった」

　伊十郎ははっとして言った。

暮六つ（午後六時）はとうに過ぎている。

「もう帰ってしまうんですか」

おふじが甘えるように言う。

「いや、はじめてなのに長居して嫌われたくないんでな」

「いやですわ。嫌うわけありませんよ」

「ほんとうか」

伊十郎は鼻の下を伸ばした。こんな姿を辰三や松助に見られたら、何を言われるかわからない。

「ひとつ、きいていいか」

伊十郎は思い切って口にした。

「おめえ、旦那持ちか」

「いやですよ。私は芸妓のときから男嫌いで通っていたんですからね」

「そうか。いや、すまなかった。また、寄せてもらっていいか」

「ええ。いつでもどうぞ。ただ、お稽古日はお弟子さんが来るので、それ以外の日に」

おふじは伊十郎に耳元で囁くように言った。

「わかった」

土間に下り、伊十郎は唐傘（からかさ）を借りて外に出た。

外に出ると、雨は激しく降っていた。

傘を広げ、伊十郎はおふじの家を離れた。途中で振り返ると、おふじが軽く頭を下げた。心が弾んで、伊十郎は覚えずにんまりした。

おふじへの思いを振り払い、伊十郎は源助の長屋に向かった。

木戸をくぐった。両側の屋根から激しく雨が流れ落ちてどぶ板に跳ねている。

源助の住いの前に立ったが、中は真っ暗だった。

念のために戸を開けて呼びかけたが、源助は帰っていなかった。

諦めて、伊十郎は引き上げた。

木戸を出て、いくらも行かないうちにふと悲鳴のような声を聞いた。雨に煙った前方の暗がりに何か動いた。

伊十郎は駆け出した。稲荷社の前だ。ふたつの影が争っている。ひとりは侍だ。笠（かさ）をかぶり、合羽（カッパ）を羽織っている。その前で、倒れているのは町人のようだ。

侍が剣を振りかざした。伊十郎は傘を投げ飛ばし、走った。

「待て」

侍の動きが止まった。

「何者だ？」

十手を構えて、伊十郎は一喝した。侍は問答無用に上段から斬り込んできた。伊十郎は十手の鉤で相手の剣を受けとめた。そして、十手をひねり、相手の剣をもぎとった。剣を奪われると、相手は一目散に逃げ出した。

すぐに、伊十郎は倒れている男に駆け寄った。雨は容赦なく、倒れた男にも伊十郎の体にも激しく打ちつけている。

「だいじょうぶか」

男の顔を見て、伊十郎はあっと叫んだ。源助だった。

源助は肩を押さえて呻いている。

近所の者が出てきた。

「医者に運ぶのだ。自身番に知らせろ」

誰かが駆けて行った。

伊十郎は手拭いを裂き、源助の傷口に巻いた。

自身番からひとが駆けつけ、源助を近くの医者に運んだ。おふじから借りた傘は天水桶にひっかかって、少し破れていた。それでも、させないことはなかった。

再び傘をさしたが、伊十郎は濡れ鼠になっていた。賊が残していった刀は自身番で預かってもらった。刀は安物だ。そのことからすると、賊は浪人者のようだ。刀からは持ち主を探り出すのは難しいだろう。

それから、医者まで行ってみた。源助の命に別状はなかったことで、伊十郎は安心して引き上げた。

雨はなおも激しく降り続いていた。

第三章　約　束

一

　翌朝、伊十郎が目を覚ましたのは五つ（午前八時）近かった。あわてて起きる。障子を開けると、眩い陽光が部屋の中に射し込んできた。雨は明け方には上がったようだった。

　ゆうべの騒ぎで、屋敷に帰っても、源助のことをあれこれ考えて寝つけなかったのだ。

　伊十郎が起きた気配に、半太郎がやって来た。

「旦那さま。お目覚めでございますか」

「寝過ごした」

「朝餉の仕度は出来ております。そろそろ、髪結いがまいりますが」

眠気覚ましに湯屋に行こうかと思ったが、腹も空いている。

顔を洗い、松助の給仕で飯を食ったが、ゆうべのことが頭から離れず、ふと箸をとめて考え込んだ。

源助が襲われたのは稲荷社の前だった。賊は稲荷社で待ち伏せていたのだろうか。あの雨の中で辻斬りとか辻強盗だとは思えない。

やはり、源助を狙ったのに違いない。明らかに殺す目的で襲っている。

ふと、半太郎の視線に気づき、あわてて食事を続けた。

いつものように髪結いに髪をすき髭を当たってもらったあと、伊十郎は庭に控えていた辰三を呼んだ。

「ゆうべ、源助が襲われた」

「えっ、あの男が？　で、命のほうは？」

「間一髪で間に合った。肩を斬られたが、命に別状はない」

「そうですか。でも、いったい何者なのでしょう」

「源助から事情を聞かねばならぬ。きのうは手当てが先で、話を聞けなかった。これから行ってみるつもりだ」

「わかりやした」

伊十郎は座敷に戻り、外出の仕度をする。

格子の着物を着流しに、黒羽織の裾（すそ）を内側にめくり上げて帯にはさむ。財布や十手を懐に入れる。

これからは、百合が手伝ってくれるのかと思うと、知らず知らずのうちに頬（ほお）が緩んだが、ふいに音曲の師匠のおふじの顔が過（よぎ）って、伊十郎はあわてた。

覚えず、顔を両手で叩（たた）いた。ぱんという音に半太郎が驚いた。

「旦那さま。いかがなさいましたか」

「なんでもない」

わざと顔をしかめて言う。

供を連れて、伊十郎は屋敷を出た。

楓川にかかる新場橋を渡ってから、江戸橋のほうに向かったので、松助が背後から声をかけた。

「旦那。どちらへ」

「高砂町だ」

「源助のところですね」

松助にはゆうべ遅く帰って来たあと、簡単に事情は話してあった。

江戸橋を渡り、照降横丁から葭町を通って高砂町にやって来た。

まっすぐ、町医者のところに向かった。町の人びとから、頑固先生とあだ名され、恐れられながらも慕われている老医師だ。

松助と貞吉を外に待たせ、伊十郎は辰三と戸口に立った。すでに中は患者でいっぱいで、薬待ちの者も並んでいる。

「繁盛しているっていうのもなんですが、こんなに医者にかかる人間が多いんですね」

辰三が呆れたように言う。

頑固先生に断り、奥の部屋で寝ている源助のところに行った。手当てが済んだあと、どうしても長屋に帰るという源助を叱りつけ、頑固先生はここに泊めさせたらしい。

伊十郎が顔を出すと、源助はあわてて起き上がろうとして呻いた。

「そのままでいい」

伊十郎は枕元に腰を下ろした。

「どうだ、傷は？」

「へい。傷口が塞がるまでじっとしていろと言われましたが、たいしたことではないと思います」

源助は弱々しい声で答える。

「ゆうべの賊に心当たりはあるか」

伊十郎は源助の顔を覗き込んだ。

「いえ、ありません」

源助の目が微かに泳いだのを見逃さなかった。

「辻斬りや辻強盗などではない。明らかに、おまえを狙っていた」

「なぜ、あっしが襲われたのか、とんとわかりません」

「おまえ、ずっと思案橋に佇んでいたな。あれは、誰かと待ち合わせていたんじゃねえのかえ」

辰三が身を乗り出してきいた。

「相手は誰なんだ？」

「いえ、待ち合わせなんかじゃありません」

「じゃあ、あんなところで何をしていたんだ？」

辰三が憤然としてきいた。

「…………」

「いえ。じつは、あっしは七年ぶりに江戸に戻って来ました。江戸にいたころ、つきあっていた女とよくあの橋で待ち合わせをしたんです。そのころのことを、あそこで思い出していたんです」

源助の苦しそうな表情は傷の痛みのためだけではなさそうだった。

「その女はどうした？」

伊十郎は源助の表情の変化を見逃さないようにきいた。

「どこかの若旦那の嫁さんになりました。あっしは心の痛手を癒すために江戸を離れたんです」

「今回、江戸に戻って来たわけは？」

「江戸が恋しくなって……」

「大家には、ひと探しだと話していたそうだが？」

「それは……」

源助はいいよどんだが、すぐに続けた。

「そう話しておいたほうが、言い訳になると思いまして」

そこに医者の助手が来て、

「言えねえのか」

「申し訳ございません。あまり長く話は出来ないと、先生から言われておりますので」

と、遠慮がちに言った。

「源助。また、来る。我らで出来ることはなんでもしてやる。遠慮せずに、申すのだ。よいな」

最後にそう声をかけ、伊十郎は立ち上がった。


外に出てから、伊十郎は迷った。借りた傘の件もある。おふじのところに寄りたいが、辰三や松助たちに知られたくない。

皆をうまくごまかす手立てが見つからず、伊十郎はおふじのところに寄るのを諦(あきら)めた。

「旦那。源助は嘘(うそ)をついてますぜ。思い出に浸っていたなんて、誰が信じられますかえ」

辰三は言いきった。

「うむ。襲われた理由に心当たりがありそうだ。源助が待ち合わせをした相手かもしれぬ。少なくとも、源助はそう考えているのではないか」

伊十郎は想像した。

「かばっているんでしょうか」

「はっきりそうだという証もないので、慎重になっているのかもしれない」

「そうですね」

「ただ、奴の言うことがほんとうなら、七年前まで江戸にいたことになる。ひょっとすると、そのときに何らかの事情で別れた女と会う約束になっていたのかもしれぬな」

「七年後の約束ですかえ」

「うむ」

「でも、相手がそんな約束を覚えていると思っていたんでしょうか」

辰三が首を傾げる。

「覚えていたかもしれねえ。だが、相手は約束を破ったんだ。だから、思案橋に現れなかった。そればかりか、源助が邪魔だ。それで、始末しようとしたとも考えられる」

伊十郎はそう言ってから、

「辰三。七年前のことを調べるんだ。源助が江戸を離れなければならない何かがあったはずだ。思案橋を待ち合わせ場所にしたのだから、源助と相手にとっちゃ思案橋は馴染みの場所だったのだ。あの周辺に聞き込みをかけるんだ」

「わかりやした」

「それから、もうひとつ。きのうの賊は刀を落として行った。安物の刀だが、刀がなければ浪人とはいえ恰好がつかない。骨董屋か刀剣屋で、刀を買い求めるかもしれぬ。そのほうも調べてもらいたい」

「やってみます」

そう言い、辰三は子分の貞吉を連れてさっそく動き出した。

「松助」

伊十郎は呼んだ。

「俺は少し調べ物をして行く。どこかで時間を潰してくれ。半刻（約一時間）後に、室町の自身番で落ち合おう」

「へい。わかりやした」

少し心が痛んだが、松助は伊十郎の言葉を疑わず、とっとと去って行った。

伊十郎は勇んで道を戻った。そして、浜町堀に向かう。

やって来たのは、おふじの家だ。格子戸に手をかけたとき、三味線の音が聞こえた。弟子が来ているのかと落胆したが、顔だけでも見ていこうと戸を開けた。

土間には女ものの下駄があるだけだ。

奥に呼びかけると、三味の音が止(や)んだ。やがて、おふじが顔を出した。

「まあ、旦那」

おふじが微笑(ほほえ)んだ。

「ゆうべはすまなかったな」

「いいえ。さあ、どうぞ、お上がりくださいな」

「稽古(けいこ)中ではないのか」

「いいえ、お弟子さんが来るのは昼過ぎからです。いま、自分でお浚(さら)いをしている
だけですから。さあ、どうぞ」

「すまねえな。じゃあ、ちょっと上がらせてもらおうか」

伊十郎はのこのこと上がった。

「じつは謝らなくちゃならないことがあるのだ」

居間に落ち着いてから、伊十郎は切り出した。

「なんですね」

茶をいれながら、おふじがきき返す。

「ゆうべ、借りた傘、破いてしまった。申し訳ない」

「なんですか、そんなこと。かまやしませんよ、傘ぐらい。そういえば」

思い出したことがあるらしく、おふじは目を見開いた。

「じゃあ、あれは旦那だったんですね」

「なにがだ？」

何を言いたいのかに気づいたが、伊十郎はとぼけた。

「辻斬りか何かが出たそうじゃありませんか。今朝、近所で噂になってましたよ。助けたのは旦那だったんですね」

「それで、傘を投げ飛ばしてしまったんだ」

「旦那、強いんですね。私、強い殿方が大好きですよ」

おふじは流し目をくれた。背筋がぞくぞくとするような色っぽい仕種だ。伊十郎は気づかれぬように深呼吸をして、昂る心を抑えた。

「物騒な世の中ですねえ。旦那もたいへんですねえ」

「そうだな」

「そうそう旦那。きのう話していたことですけど」

「きのう？　なんであったか？」

「ほら、どこかの番頭さんが『ほたる火』とかいう盗賊のせいにしてくすねた金を遊女の身請けに使ったというお話」

「あの件か。そうだ、おまえさんが、そこまでしてやるからには何か他に理由があるのではないかと言っていたな」

「それ、どこのお店なんですか」

「まあ、おまえさんなら話してもいいだろう。大伝馬町にある下駄問屋の『山形屋』だ」

「やっぱり、『山形屋』ですか」

おふじが眉根(まゆね)を寄せて深刻そうな顔になった。

「なんだ？」

「いえね。一度、『山形屋』に下駄を買いに行ったことがあるんですよ。そしたら、あそこの女中さんが急にお店をやめてしまったって騒いでいました」

「急にやめたのは何か事情があったんだろう。それが何か」

「いえね、お店をやめただけでなく行方も知れないということと、その番頭さんが亡くなった男のおかみさんを身請けするという話が何かつながるような気がしたんですよ。いいえ、私のいいかげんな勘ですよ」

「そうか。しかし、女中がいなくなっているというのはちと気になるな」

そうは言ったものの、そのこととお幸の件は無関係だと思っている。

「失礼します」

と言って、お手伝いのお光がおふじのそばで何事か囁いた。

おふじは頷いてから、

「旦那。お昼、ごいっしょにいかがですか」

と、伊十郎に色っぽい目を向けた。

「ありがたいが、そうもしていられないんだ」

伊十郎は残念そうに言った。これだったら、松助との待ち合わせをもっと遅くにしておくのだったと後悔したが、いまさら遅い。

おふじも落胆したように吐息をもらした。

それから、しばらくとりとめもない話をしてから、

「そろそろ、行かねばならない」

と、伊十郎は腰を浮かせた。

「旦那。また、来てくださいね」

「ああ、迷惑じゃなかったらな」

「迷惑なものですか」

おふじの熱い眼差しに合い、どぎまぎした。

土間に下り立ってから、

「もう、足はいいのかえ」

伊十郎はおふじの足首の包帯がとれていることに気づいてきいた。

「えっ？　ええ、おかげさまで」

微かに狼狽（ろうばい）したようなおふじを不思議に思ったが、それも一瞬だったので、伊十郎は自分の錯覚だったかと思い直した。

おふじに見送られて、伊十郎は外に出た。

眩い陽光がいっきに襲って来た。

室町の自身番に行くと、松助が茶をもらってすっかりくつろいでいた。伊十郎に気づくと、松助も自身番の連中もあわてて笑みを引っ込めたので、さては俺の噂をしていたなと、伊十郎は苦笑した。

もはや、俺が出戻りの女を嫁にもらうことは、あちこちに知れ渡っていると考えたほうがよさそうだと思った。

二

翌朝、湯屋から帰って来たとき、半太郎が『後藤屋』の主人が待っていると告げた。

伊十郎はなぜか胸騒ぎがして、すぐに客間に急いだ。

「井原さま」

伊十郎が客間に入ると、後藤屋が待ちかねたように身を乗り出した。

「何かあったのか」

向かいに座ってから訊ねた。

「はい。じつは、一昨日も奥方さまは来られませんでしたので、きのうお屋敷を訪ねたのでございます。奥方さまにお会いすることが出来ました。そうしましたら違うのでございます」

後藤屋は昂奮している。

「違うとは何がだ？　ひょっとして、奥方が別人だったというのか」

「はい。店に現れた奥方は偽者でございました」

「なんと」

伊十郎も呆れかえった。

「その旗本とはどなただ?」

「はい。御小納戸役の内山多門さまにございます」

「内山多門……」

「禄高五百石と聞いております」

「内山さまとは面識があるのか」

「はい。以前に御用人さまがお出でになり、反物をお求めくださいました。その反物をお屋敷に届けたおり、殿様にお目通りを許されました」

「奥方はいなかったのだな」

「はい」

「で、偽の奥方がやって来た経緯を話してみよ」

「はい。あらかじめ、中間らしき男がやって来て、これから旗本内山多門さまの奥方が立ち寄られる。粗相のないようにと申されました」

伊十郎は黙って聞いていた。

「四半刻(約三十分)ほど経ってから、奥方さまが先刻の中間とともにおいでになりました。奥方さまは、一番の上物を出してくれと仰るので、例の西陣織をお見せいたしました。すると、奥方さまはひと目で気にいられたのでございます」

　後藤屋は困惑した顔で続けた。

「これから寄るところがあるゆえ、四日後にとりに来る。しっかり取り置いておいてもらいたいと、威厳に満ちた声で仰いました。ところが、その日の午後、例の五十絡みの商家の旦那と息子ふうのふたりがやって来たのでございます」

「さんざん反物を広げさせ、あげく内山さまの奥方が気に入った品物まで出させたというわけだな」

「はい。いちおう、売りの約定済みだと申し上げましたが、それでも構わない。参考のために見るだけだと言いまして」

「なるほど」

　伊十郎は合点したように頷いた。

「すべてぐるだったわけだ」

「でも、どうしてそんな手の込んだことを？」

「もし、反物が戻ってこなかったら、どうするつもりだった？」

　伊十郎は仮定の話を突き付けた。

「偽の奥方は、品物を受け取りに行き、品物がないと聞いたら大騒ぎするつもりだったに違いない。そうなったら、後藤屋はどうする？」

「他の品物で我慢してもらうか」

「承知しまい。さあ、どうしてくれるのだと騒ぐ。やむなく、金で話をつけるしかあるまい。おそらく、金をせびったであろう」

「そうなれば、払わざるを得ませんでした」

「しかし、反物が返って来た。奴らは失敗したのだ」

伊十郎は吐き捨てた。

「はい。井原さまのおかげにございます。私どもには実害はございませんでした。やはり、井原さまとお近づき出来て幸いでございました」

これも、日頃の付け届けがきいているのだと、後藤屋は言っているようだ。

後藤屋が帰ったあと、伊十郎は円蔵と会ったときのことを思いだした。別れ際にふと垣間見た嘲笑は、このことを指していたのかもしれない。

円蔵はこのからくりを知っていたのだ。いや、あの嘲笑はそれだけのことだろうか。あの笑みには勝ち誇ったような快感が窺えた。

もっと、何か円蔵は隠している。そう思った。

そう言えばと、伊十郎はこれに似た事件を思いだした。確か、三カ月ほど前に、芝、高輪方面を受け持つ稲毛伝次郎から聞いた話だ。

旗本の偽者が小間物問屋を騙した件だ。どうやら、同じ一味の可能性がある。

若党の半太郎の給仕で朝餉をとり終え、待たせていた髪結いに縁側で髪と髭を当たってもらう。

それが終わる頃に、いつものように辰三が貞吉といっしょにやって来た。

「へい、お疲れさまでした」

髪結いが伊十郎の肩に当てた手拭いを外した。

「ごくろう」

髪結いが引き上げてから、伊十郎は辰三に声をかけた。

「辰三」

「へい」

辰三が庭先に立った。

「どうだった？」

「収穫はありませんでした。思案橋周辺の各町の家主に源助のことをきいてまわったんですが、手応えはありませんでした」

「まあ、一日でわかろうというのには無理がある」

「骨董屋のほうは貞吉が当たりましたが、まだ刀を求めに来た浪人はいなかったということです」

「まあ、これからだ。引き続き頼む」

「へい」

「そうそう、さっき後藤屋がやって来たんだ。例の旗本の奥方は偽者だったそうだ」

伊十郎の話を、辰三はいきりたって聞いた。

「ちくしょう、ふざけやがって。円蔵の野郎をこれから行ってとっちめてやりましょう」

「円蔵はもっと他のことも隠しているようだ。その口を割らすには、もう少し何か材料が欲しい」

「へい」

「待てよ」

伊十郎は円蔵が口にした交換条件を思い出した。

——詳しくはわかりませんが、この香枕はさる旗本の屋敷の納戸から盗み出したもののようです。使っていなかったものなので、紛失に気づいていないかもしれませんが。どうか、この香枕についてはご容赦を……。

名月に秋草に止まって羽を広げて鳴く虫の蒔絵の香枕で数十両はするという。

「円蔵の言うさる旗本とは内山多門ではないか」

伊十郎は思いつきを話した。

「なぜ、内山さまの奥方を名乗ったのか。内山さまを知っている者だ。それと、香枕。どうやら、いかさま師の仲間に内山家に奉公でもした者がいるのかもしれぬ」

「なるほど。じゃあ、内山さまにお訊ねになれば何かわかるかもしれませんね」

「そうだ。だが、俺たちがのこのこ会いに行っても相手にしてくれないだろう。こいつは高木さまにお願いするしかないな」

伊十郎は自分自身に言い聞かせるように言った。

じつは伊十郎は内心では北叟笑んだ。これで高木文左衛門に会う口実が出来たからだ。百合との件のその後の成り行きを知りたいのだが、のこのこと訊ねに行ったら焦っていることを見透かされる。

だが、いかさま師の事件を口実にすれば、堂々と高木に会えるのだ。

ただ、仕事がらみではこれから屋敷を訪ねるわけにはいかない。奉行所で面会を申し入れるしかない。

「よし。やはり、円蔵に会ってみよう。俺はこれから、高木さまにお願いしてから深川に向かう。佐賀町の自身番で落ち合おう」

「へい」

「それまでおめえたちは、まやかしの吾助がどこぞの商家に現れていないか、聞き込んでくれねえか。やはり、呉服、反物、高級な小間物屋辺りだろう」

「合点です」

「じゃあ、昼前に佐賀町の自身番だ」

「へい」

辰三は手下の貞吉とともに屋敷を先に飛び出して行った。

御用箱を背負った松助を連れて、伊十郎は奉行所に向かった。

出仕して、同心詰所に入った伊十郎は稲毛伝次郎がやって来るのを待った。

他の同心と談笑していると、戸口に伝次郎の色白の顔が現れた。伊十郎はすっくと立ち上がり、近寄った。

「なんだ、いきなり目の前に現れて」

伝次郎は目を丸くして言う。

「すみません。ちょっと、お訊ねしたいんです」

「おう、なんだ？」

「三カ月ほど前、偽の旗本が小間物を騙しとったという事件がありましたね。その後、その手の事件はあったのですか」

「いや。ない」

「そうですか。申し訳ありませんが、その事件をもう一度、詳しく教えていただけませんか」

「いいだろう」

伝次郎は髭の剃りあとが青々とした顎をさすりながら語りはじめた。

「三カ月ほど前に、神明町の小間物問屋に、定紋の羽織をまとい、挟箱を持った中間を供にした旗本ふうの武士がやって来た。増上寺参詣の帰りだが奥方に頼まれたといって、象牙の櫛や京都名所図蒔絵櫛や金蒔絵の文箱など十両相当の品物を買い求めた。代金は屋敷にとりに来るようにと言って引き上げた。後日、番頭がその旗本の屋敷に行ってから真っ赤な偽者だったとわかった……」

伝次郎はいまいましげに付け加えた。

「堂々とした鮮やかな手口に、みなわけもなく騙された」

「玄人(くろうと)ですね」

伊十郎は感心してから、

「じつは、神田鍛冶町にある呉服問屋『後藤屋』があわや難に遭いそうになりました」

と、伊十郎は説明した。ただし、円蔵の件は隠した。

「同じ人物だな」

聞き終えてから、伝次郎が口許(くちもと)をひん曲げて言う。

「おそらく。まやかしの吾助って野郎です」

「まやかしの吾助?」

「はい。手先の辰三が知ってました。役者上がりで変装が得意だそうです」

「そんな野郎がいたのか。で、『後藤屋』の件はお奉行にはご報告したのか」

伝次郎が小声できいた。

「いえ。旗本の奥方の身分を騙るなど、大がかりな一味ゆえ、報告をあげたいとは思うのですが、実害がなかったので……」

伊十郎は苦しい言い訳をした。

円蔵のことを知られたくないので、『後藤屋』の件は黙っていたのだ。

「折りを見てご報告したほうがいいな」

「はい。きょう、高木さまにご報告申し上げます」

「それがいい」

そう言い、伝次郎は離れて行った。

同心の出仕は五つだが、与力は四つ（午前十時）である。まだ、高木文左衛門が出仕するには時間がある。

ようやく、文左衛門が出仕したことを知ると、伊十郎は年番方の同心を通じて面会を申し入れた。

すぐに会ってくれることになり、伊十郎は正面の玄関に向かい、広い式台を上がり、年番方の部屋に行った。

文左衛門は文机に向かっていたが、湯呑みを手にしており、まだ仕事には入っていないようだった。

「高木さま。井原伊十郎にございます」

伊十郎は呼びかけた。

「伊十郎か。なんだ？　例の件か」

文左衛門は顔を向けるや、すぐにきいた。

はいと答えたかったが、周囲の耳目もあり、伊十郎は本音を隠した。

「いえ、じつは、先日、神田鍛冶町にある呉服問屋『後藤屋』に旗本内山多門さまの奥方の偽者が現れ、反物を騙しとろうといたしました。未遂に終わりましたが、内山さまの内情に詳しい者の仕業と思われます。かつて奉公に上がっていた人間の可能性もあり、一度、内山さまのお屋敷の御用人どのから話をお聞きしたいと思ったのですが、お取り計らい願えればと存じます」

「はて、同じようなことがあったな」

「はい。芝で偽の旗本が小間物を騙しとるという事件がありました。おそらく、同一の者ではないかと思われます」

「さようか。よし、さっそく先方にお願いしてみよう」

「はっ。ありがとうございます」

伊十郎は低頭した。

「うむ？　まだ、何か」

すぐ去ろうとしない伊十郎に、文左衛門はつれない素振りできいた。

「いえ、その」

「なんだ？」

文左衛門は焦らすようにきく。

「あの件でございます」

「あの件？　はて、なんであろう」

伊十郎は他の与力、同心たちが聞き耳を立てているような妄想に襲われ、覚えず膝を進め、小声になって、

「百合どのの……」

「うむ？　しかし、最前、例の件ではないと申したではないか」

「いえ、それは……」

意地の悪い御方だと、伊十郎は内心で悪態をついたが、顔はあくまでも恐れ入ったように、

「仕事の話が先かと思いまして」

と、言い訳をした。

「さようか。話は進めておる。心配いたすな」

文左衛門は笑みを浮かべ、

「百合どのに伝言があれば聞いておこう」

「はあ」

伊十郎は迷ったが、恥も外聞もなく口にした。

「では、お会いしたく存じますと」

「あいわかった。伝えておこう」

「はっ、ありがとうございます」

伊十郎は逃げるように文左衛門の前から引き下がった。


小者の松助と奉行所の中間を引き連れ、伊十郎は町に出た。源助のことが気になったが、そのまま永代橋に向かった。

橋を渡り、佐賀町の自身番に顔を出すと、すでに辰三が待っていた。

「いくつか、主立った大店(おおだな)に確かめましたが、怪しい連中は来ていないようです」

「そうか。よし、じゃあ行くか」

伊十郎は油堀川に沿って閻魔堂橋に向かった。

連日の好天で、強い陽射（ひざ）しにすぐ汗ばんできた。

閻魔堂橋を渡り、やがて円蔵の店が現れた。

松助たちを外で待たせ、伊十郎は辰三と『最古堂』に入った。

店先に顔を出すと、ちょうど羽織姿の円蔵が出てきたところだった。

「これは井原の旦那」

円蔵が微かに表情を曇らせた。

「出かけるのか」

「へい。ちょっと野暮用で」

「そうか。じゃあ、出直すか」

「いえ、急ぐこともねえんです。上がってくださいな」

「いや。手短にすまそう。ここでいい」

伊十郎は言ってから、

「先日の『後藤屋』の件だが、反物を盗んだ男の他に旗本の奥方を騙った女たちがぐるだとわかった。何か心当たりはないか」

「いえ。私にはわかりません。私は五十絡みの男から話を持ち込まれただけですから」

「まやかしの吾助だな」

「いえ、名前はわかりません」

「まあいい。ところで、あのとき、香枕の話をしたな」

「はい」

「その香枕を持ち込んだのもそのまやかしの吾助だったのではないのか」

「いえ、違います」

「円蔵。隠しても無駄だ。じゃあ、女だな、持ち込んだのは？」

「恐れ入ります」

円蔵は素直に認めた。

「どんな女だ？」

「三十過ぎのでっぷりした女でございました」

「それを買ったのか」

「はい」

「いくら出した？」

「三十両でございます」

「三十両とはずいぶん弾んだものだな。で、現物はいま、あるのか」

「いえ、もう売れました。さる大店の主人がお買い求めくださいました」

「いくらだ」

「五十両でございます」

「ぼろい儲けだ。その大店の主人の名は教えてはもらえぬだろうな」

「それはご容赦ください。私の信用に関わりますので……」

「死んでも言えないというわけだな」

「はい」

「わかった。また、ききにくるかもしれぬ」

「どうぞ、と申し上げたいのですが、お答え出来ないものもありますゆえ。でも、いつでもお待ちしております」

円蔵は含み笑いをした。

「では、私は出かけてまいります」

円蔵はひとりで閻魔堂橋のほうに向かった。

「なんだか、自信に満ちていますね」

辰三が円蔵の背中に冷たい目を送りながら言った。

奴は何を隠しているのか。いや、何かを企んでいるのだ。いったい、それは何か。

わからぬと、伊十郎は舌打ちした。ともかく、内山多門の用人から話を聞いてからのことだ。

深川飯を出す一膳飯屋で遅い昼食をとった。

伊十郎は飯を食いながら、まやかしの吾助のことを考え、源助のことに思いを向け、幸之助のことが浮かび、あげく百合のことを思いだしたり、おふじの顔が蘇(よみがえ)ったり、頭の中が糸がもつれたようになっていた。

松助に財布を渡し、勘定を払わせてから、外に出た。

「辰三。猿江村に行ってみよう」

飯を食いながら出した結論を、伊十郎は口にした。

「え、お幸のところですか」

「そうだ。ちょっと気になることがあってな」

音曲の師匠のおふじが言っていたことが気になる。

——いくら、最期の頼みとはいえ、ふつうだったらそこまで出来ませんものね。仏さまのようなひとじゃないですか。そんなひとが、五十両盗むなんて、なんだかおかしい……。

亭主の最期の頼みだからといって、余命半年の女のために五十両盗んでまで身請けしてやることを、どうとらえるかだ。

幸之助の親切心なのか、それとも他に……。

そのことに関係あるかどうかわからないが、『山形屋』の女中が行方知れずになっているという。おふじは何か関係あるようだったが……。

いや、疑うべきではない。幸之助はお幸の亭主に同情して、亭主の代わりを務めようとしたのだ。その思いに不純なものはなかったはず。

そう思うそばから、晴れた空に突如浮かんだ雨雲のように屈託が心の中に広がった。

松助たちを先に帰して、伊十郎は辰三と小名木(おなぎ)川に出て、川沿いを東に向かう。川の両側に大名の下屋敷が並ぶ。強い陽射しに汗ばみながら、猿江村にやって来た。

辰三が付近の家々に聞いてまわり、ようやく羅漢(らかん)寺が近くに見えるところにある百姓家だとわかった。

辰三が母屋に行って断りを入れ、それからふたりは柴垣に囲まれた庭を離れに向かった。

庭に面した部屋の障子は開け放たれていて、ふとんの上に起き上がっているお幸の姿が見えた。

お幸もこっちに気づいたように目をしばたかせた。

伊十郎と辰三は濡縁の前に立った。

「井原さまに辰三親分さん」

お幸は居住まいを正そうとしたので、それを制してから、

「だいぶ顔色がいいではないか」

と、伊十郎はわざと安心したように言った。顔は透き通るような白さで、決して顔色がいいとは言えなかった。

「きょうは、なんだか気分がよいのです」

「それはよかった。で、誰か来るのか」

伊十郎が訊ねると、お幸ははかなげに顔を横に振った。

「うちのひとも来ないんです」

お幸は暗い顔になった。

「幸之助は来るのか」

「いえ、ここまで遠くなってしまいましたし、お店が終わったあとではちょっとたいへんだそうで」

ふと、寂しそうな笑みを浮かべた。

「たまには顔を出すように言っておこう」

「いえ、それより」

と、お幸は言いよどんだ。

お幸が何を言いたいのかわかって、伊十郎の胸はちくりと痛んだ。辰三と顔を見合わせてから、

「亭主のことか」

と、伊十郎はきいた。

「はい」

お幸は暗い顔で頷いた。

「まあ、幸之助もそのうち顔を出すだろう。そしたら、きいてみるがいい」

伊十郎は逃げるように言った。

「井原さま」

お幸が思い詰めた目を向けた。

「うちのひとはどうしているんでしょうか」

「どうしているとは？」

「私がここにお世話になるようになってからも、一度も顔を出しませぬ。何かあったのではないでしょうか」

「………」

「お幸さん。何かってなんだえ」

辰三が口をはさんだ。

「俺が聞いているのは、ご亭主はおまえさんに合わせる顔がないって……」

「親分」

お幸は辰三の声を遮った。

「最近、うちのひとの夢をよく見るんです。遠いところから、悲しげな声で私を呼んでいるんです」

「そうかえ」

辰三が眉根を寄せた。

「うちのひと、ひょっとしてどこか遠いところに行ってしまったんじゃないでしようか」

「そんな悪いことばかり考えず、ご亭主が迎えに来ることを考えたらどうだ？　迎えに来たとき、元気な姿を見せてやるのだ」

伊十郎は力づけるように言った。

力なく頷いたが、お幸は何かを感じ取っているのかもしれない。

「お願いがございます」

お幸が思いつめたように言った。

「なんだ？」

「もし、うちのひとが死んでいたなら」

「何を言うのだ」

「いえ、うちのひとが死んでいたなら私も生きている意味はありません。いえ、うちのひとが生きていたとしても、もう私の命は長いことないと思います」

「ばかなことを言うな」

「いえ、自分の体のことは自分が一番よくわかります。このまま、高い薬代を払って生き長らえるより、余ったお金をあるひとに渡して欲しいんです」

「あるひと？」

「はい。私が最初に売られた仲町の『大霧家（おおぎりや）』というお店にお小夜（さよ）さんという妓（こ）がおります。お小夜さんも私とまったく同じ事情で売られて来ました。私は、病気になってから、お小夜さんに看病してもらったり、とてもよくしていただきました。余ったお金をぜひ、お小夜さんに上げてください。いつか苦界（くがい）から脱けだすための少しでも足しになれば」

「わかった。だが、そなたも頑張るのだ」

「はい」

「大事にいたせ。また、来る」

そう言い、伊十郎と辰三は離れから去った。

再び、小名木川沿いを歩きながら、

「なぜ、幸之助はやって来ないのか」

と、伊十郎は疑問を呈した。

「遠くなったとはいえ、船を使えばいい。毎日じゃなくていいのだ。亭主の代わりになってやるという話ではなかったのか」

伊十郎は何かもどかしさを覚えた。

「そうですねえ」

辰三も幸之助がやって来ないことが意外だったようだ。

またも、おふじの投げかけた疑問が蘇る。

「何か気になる」

なぜかわからないが、伊十郎は自分が大きな過ちを犯したような思いに駆られた。

「幸之助について、もう少し詳しく調べたほうがよかったかもしれぬな」

「えっ、幸之助が何か」

辰三がきき返す。

「幸之助と由吉の関係だ。単なる隣同士になっただけなのに、遺志とはいえ、あれだけのことをしてやれるのか」

ふたりの間にもっと何かあったのではないか。伊十郎はそう思った。

「じつは、ちょっとあるところから耳にしたのだが、『山形屋』の女中が店をやめたあと、行方知れずになっているらしい。そのことと、お幸の件が関係あるとは思えないが、幸之助の周辺をもう少し調べたほうがいいかもしれぬな」

「わかりました。で、どっちから、手をつけましょうか」

「女中の件と幸之助を調べてくれ。俺は源助に会ってみる。あとで、『おせん』で落ち合おう」

「へい」

辰三はうれしそうに応じた。

「それにしても、幸之助の件といい、源助の件といい、まやかしの吾助の件といい、なんだか忙しいな。『ほたる火』が鳴りを潜めているのがせめてもの救いだ。まあ、せいぜい手分けをしてやるしかないな」

と、伊十郎はぼやきながらも闘志を燃やした。

永代橋を渡ってから、小網町を過ぎ、まだ、暖簾の出ていない『おせん』の前を通って、葭町の角で大伝馬町に向かう辰三と別れ、伊十郎は高砂町に向かった。

その頃には夕闇が迫っていた。

三

四半刻後に、伊十郎は医者の家で、源助と会った。

きのうより、だいぶ顔色もよくなっていた。

「源助。具合はどうだ？」

「へえ、だいぶ痛みも引きました」

「源助。おまえを襲った浪人者は誰かに頼まれたのだろう。おまえに恨みがあるのか、それとも生きていられては困るのか、いずれにしろ、おまえを殺そうとしたのだ。心当たりがあるはずだ」

「いえ、何も……」

「誰かをかばっているのか。それとも、わけを言うと、おまえが困ったことになるのか。江戸にいたときの悪事がばれるとか」

伊十郎が切り込むと、源助は頰を強張らせた。

「源助。いいか。話したくなったらなんでも話すんだ。決して悪いようにはしない。よいな」

伊十郎は諭すように言った。

医者の家を出てから、『おせん』に向かった。すでに夜の帳はおりていて、家々の明かりが温かく灯っている。

『おせん』の軒提灯も明るく輝いていた。

店に入ると、辰三は来ていて、いつもの場所に座っていた。

「いらっしゃいませ」

女将のおせんは、にこやかに迎えた。

「じゃあ、酒をもらおうか」

辰三は茶で我慢をしていたようだ。

「どうだった？」

「へえ。奉公人にそれとなくきいてみました。やはり、三カ月ほど前に、お久っ(ひさ)て女中が突然、お店をやめたそうです。それから、ひと月ほど前に、お久の叔父(おじ)が仕事で江戸に来たついでにお久に会いに『山形屋』を訪れたそうです。お久がやめたと知ると、ひどく驚いて、悄然(しょうぜん)と引き上げて行ったそうです」

やはり、おふじの言っていたことはほんとうだった。

「お久の行方を知っているものはいないのか」

「はい。ただ、幸之助だけが、お久が若い男といっしょのところを見かけたと話していたそうです」

「なに、幸之助が？」

伊十郎は顎を手のひらでこすった。目撃していたのが幸之助だけだということに引っかかった。

「はい。おまちどおさま」

おせんが酒を運んで来たので、ふたりは話を中断した。

「何やら深刻そうなお話のようですね」

そんな話はあとにして、ここでは楽しく呑んでくださいと言わんばかりに微笑んで、おせんはふたりに酌をした。

「そんな深刻な話じゃないぜ。ほれ、以前、ひとりでやって来た暗い感じの男のことを噂していたのだ」

辰三がごまかした。

「ああ、あのひと。最近はお見えになりませんね。そうそう、いつかうちのお客さんが、思案橋で立っているその男を見かけたんですって」

「そう。ときたま、思案橋のまん中で佇んでいた」

「それがね、その男を遠くから見ていた男がいたって話していたんですよ」

「なんだと」

伊十郎は聞きとがめた。

「その客はなんていう名なんだね」

伊十郎は厳しい顔つきできいた。

「左官屋の留吉（とめきち）さんです。毎日、来ます。そろそろ、来るころだと思いますけど」

「そうか。来たら、ここに案内してくれないか。話を聞きたいんだ」

「わかりました」

おせんが去ってから、

「旦那。ひょっとして、そいつが待ち合わせの相手じゃ？」

と、辰三が小声で言った。

「おそらくな」

留吉という左官屋が来るのが待ち遠しかった。戸が開くたびに、伊十郎はおせんの顔をみるが、おせんは首を横に振る。

おせんの表情が動いたのは、さらに四半刻もあとのことだった。

印半纏（しるしばんてん）を羽織った色の浅黒い職人が三人で入って来た。おせんが三人連れのところに行き、戻って来た。

目顔できいてきたのに対して、伊十郎は頷き返す。おせんはもう一度三人連れのところに行き、中のひとりに何か囁いた。

その男が立ち上がってこっちにやって来た。

伊十郎に頭を下げた。

辰三が口を開いた。

「すまねえな。こういう場所で無粋だが、おまえさんが思案橋で見かけた男について教えてもらいたいんだ」

「へい」

　腰を折って、留吉が頷いた。

「まず、それはいつごろのことだ？」

「へえ。五日ほど前でした」

「そのときの様子を教えてもらおうか」

「あっしが普請場からの帰り、思案橋に差しかかると、樹の陰から橋を見ている男がいたんです。橋の真ん中にはここにひとりで来ていた男が立っていたんです。どうやら、その男を見ているようでした」

「樹の陰にいたのはどんな男だったえ」

　辰三がきく。

「歳の頃なら二十七、八。細身で、こざっぱりした身なりの男でした。そうそう、尖った顎をしていました」

「その他に気づいたことはなかったか」

「へえ。あっしに気づくと、すぐに立ち去ってしまったんで」

「そうか。いや、よく教えてくれた。もう、いいぜ」

辰三は留吉を帰した。

「よし。このことを源助にぶつけて反応を見てみる」

おそらく、その男が待ち合わせの相手だろう。源助は相手が橋まで来ていたことに気づいていないに違いない。

七年前、源助は男と橋で再会する約束をして江戸をなんらかの事情から離れたのだ。そして、再会の約束が今年だったのだ。

だが、相手は現れなかった。そこで、源助は昔、住んでいた場所を訊ね歩いたのではないか。

相手の男には源助に帰ってこられるとまずいことがあったのだ。だから、浪人を雇い、始末しようとした。

伊十郎はその想像が大きく外れてはいないような気がした。もちろん、詳しいことはわからない。なぜ、源助は江戸を離れなければならなかったのか。そして、相手の男はどうして源助が邪魔なのか。

「辰三。俺は源助を問いつめてみる。おめえは、『山形屋』のお久って女中の行方を探ってくれ。ひょっとすると」

伊十郎は、お久の件でもある想像をした。

「幸之助はなかなか渋い顔だちの男だ。お久と出来ていたってことも考えられる」

「そうだとすると……」

辰三が恐ろしい形相(ぎょうそう)になった。

「まさか、お久はすでに」

「その可能性がある。辰三。お幸の亭主の由吉が首をくくったことも、もう一度洗い直す必要があるかもな」

伊十郎は大きな間違いをしていたかもしれないと思った。

翌日、伊十郎は医者の家で再び源助の枕元に座った。きのうより顔色が悪い。

源助はここを出て長屋に帰りたいと訴えているという。長屋で養生したいというのではなく、どこか出かけなければならないところがあるからららしい。だが、いまの体では思うように動けない。

きょうの明け方、源助は裏口を出たところで呻いていたという。無理して出かけようとしたが痛みが激しく動けなくなってしまったのだ。

「源助。どこへ行くつもりだったのだ？」

伊十郎は訊ねる。

「別に……」

「では、訊くが、歳の頃なら二十七、八。細身で、尖った顎をした男を知っているか」

声にはならなかったが、源助はあっと叫んだようだった。

「知っているな」

「知らねえ」

源助は頑なに否定する。

「その男と思案橋で再会する約束だった。違うか」

「………」

「よく、聞け。その男は思案橋に立っているおまえを離れたところから見ていたそうだ」

うっと、源助は呻き声を発した。

「おまえを襲わせたのは、その男ではないのか。源助。ありていに言うんだ」

源助は口を喘がせた。

やがて、源助は無念そうに吐き捨てた。

「どうやら、あっしは裏切られたようです」

「七年前、何があったのだ。話してみろ」

「へい」

やっと、源助は話す気になったようだ。

源助の様子を見に来た助手が去ってから、源助は重たい口を開いた。

「七年前まで、あっしは箱崎町一丁目に住んでいて、行徳河岸で船人足をしてました。あの思案橋の袂に、『おかる』っていう呑み屋がありました。そう、いまは『おせん』という店があるところです。そこにお咲っていう笑窪の可愛い娘がいました。仕事を終えると、あっしは弟分のような浅吉って男といっしょにお咲を目当てに通ったもんです。浅吉は飾り職人でした。同じ長屋に住んでいて、なぜか気が合いましてね」

源助は当時を思いだしたのか、口許を和ませた。

「そのうち、お咲を外に連れ出し、三人で鉄砲洲稲荷に行ったり、向島まで遠出をしたり……。でも、そのうち、あっしとお咲はふたりだけで会うようになりました。浅吉にはすまないと思いつつも、あっしはお咲に真剣になっちまったんです。それと気づいた浅吉は、その頃から博打場に顔を出すようになって」

源助の表情が変わった。

「あいつは自棄になっていたんです。大負けして十両の借金を抱え込みやがった。いかさまだと言っていましたが、そんな証拠はありません。あっしの前で泣きながら訴えました。明後日までに十両を返さないと、簀巻きにされて川に放り込まれると」

源助は目を鈍く光らせた。

「もとはといえば、あっしとお咲の仲を妬み、自棄を起こしたんです。馬鹿野郎と怒鳴っても、あっしにも責任がないとはいえない。さんざん悩んだあげく、本町の裏通りで集金帰りらしい番頭を襲い、金を盗みました」

七年前といえば、伊十郎が定町廻り同心になる前のことだ。当時はまだ茂助が現役だった。茂助にきけば、何かわかるかもしれない。

「盗んだ金で十両の借金を返し、浅吉はどうにか危ないところを助かりましたが、岡っ引きがあっしのことをあちこちで聞き込んでいることがわかったんです。金をとられた番頭があっしの体つきを覚えていて、力仕事をしている男だと目をつけたらしいんです」

源助は大きくため息をついた。

「あっしが捕まれば、浅吉も道連れになる。お咲のこともある。それで、あっしは江戸を離れることにしたんです。お咲を浅吉に託して」

「罪を一身に背負ったというわけか。好きな女と別れなくてはならぬとはなんともむごいことだ」

伊十郎は同情した。

「江戸を発つ前の夜、あっしは浅吉に言いました。二度と博打に手を出すな。まじめに働き、お咲さんを仕合わせにしてやってくれと。あにき、すまないと、浅吉は泣いてあっしにすがりつきました。そして、七年経ったら、江戸に戻る。七年後の五月の満月の前後に、思案橋で会おうと約束したんです」

「しかし、現れなかった」

「へえ。あっしは浅吉とお咲が手をとりあって、いや、もしかしたらふたりの間に出来た子どもをつれて橋に現れるのではないかと勝手な想像をしていました。でも、満月の次の日も、その次の日も現れませんでした」

「いや、浅吉は現れたが、おまえの前には顔を出さなかったのだ。そればかりか、おまえを殺そうとした……」

「なぜだ」

源助は叫んだ。力んだ拍子に激痛に襲われたのか、うめき声を漏らした。

「旦那。浅吉のことより、お咲さんのことが心配だ。お咲さんの行方を探し出してくだせえ」

「わかった。きっと、浅吉とお咲を探し出してやる」

「頼みます」

仰向けの源助は胸の上で拝むように手を合わせた。


医者の家を出た伊十郎はそのまま浜町堀を越え、浅草御門をくぐり、蔵前通り(くらまえ)を浅草に向かった。

いま、茂助は浅草に住んでいる。

茂助は数年前まで伊十郎の手先となっていた岡っ引きだ。いまは、娘の嫁ぎ先である足袋屋(たび)で暮らしているのだ。

伊十郎は浅草花川戸町(はなかわどちょう)の足袋屋にやって来た。

伊十郎は裏手にまわった。すぐ向こうに大川が流れている。柴垣から、縁側でくつろいでいる茂助の姿を見つけた。

腕っこきの岡っ引きだった男だが、その面影はない。すっかり好々爺(こうこうや)になっている。

茂助と共にいろいろな事件に立ち向かったことを思いだしていると、ふいに茂助が立ち上がった。伊十郎に気づいたようだ。

「旦那。井原の旦那じゃありませんか」

茂助がうれしそうな声を上げた。

伊十郎は木戸を開けて庭に入った。

「茂助。元気そうだな」

伊十郎は目を細めて言う。

「へえ、すっかり、隠居暮らしが板についちまいましたよ」

茂助は苦笑した。

「いいじゃねえか。娘と孫といっしょに暮らせるなんて結構なことだ」

そう言いながら、伊十郎は大刀を外し、縁側に腰をおろした。

「仰るとおりで」

茂助は顔を綻(ほころ)ばせてから、

「その後、佐平次とは会いましたかえ」

と、きいた。

「いや。会っていないが、元気でやっているらしい。まあ、心配ないだろう」

「そうですね」

「ところで、茂助。きょう訪ねたのはちょっとききたいことがあったのだ」

「へい。なんでしょう」

茂助は表情を引き締めた。

「七年前のことだ。本町の裏通りで、集金帰りの番頭が襲われ、十両が盗まれるという事件があったそうだが、覚えているかえ。俺はまだ定町廻りになっていない頃のことだ」

「覚えていますとも。犯科人を挙げられなかった事件は忘れようにも忘れられませんぜ」

「やっぱり、茂助が携わったんだな」

「そうです。陽に焼けた筋骨たくましい男で、潮の香がしたようだという番頭の証言から、あっしは船頭か荷役人足ではないかと見当をつけて聞き込みをしていたんです。そしたら、一歩遅かった。行徳河岸で荷役をしている男が、行方を晦ましました。確か、源次……」

「源助ではないか」

「そうです。源助です」

「源助にはお咲という親しい娘がいたはずだが」

「確か、思案橋の袂にあった『おかる』という呑み屋で働いていた娘ですね」

「うむ。さすが、よく覚えているな」

「いえ」

「その娘はその後、どうしたか知っているか」

「いえ」

「『おかる』はいつごろまであったか知っているか」

「さあ、あの事件以来、行っていません。でも、最近まであったという噂は耳にしましたが」

「最近っていうと？」

「半年ばかし前のことです」

「そうか。その『おかる』の亭主か女将がその後、どうしたか知りたいのだが」

「横山町にある酒問屋『樽庄』の隠居なら知っていると思いますぜ。じつは、おかるって女将は、『樽庄』の隠居の妾でしたからね。ええ、旦那にお店を出させていたってわけですよ」

「『樽庄』の隠居か。よし、会ってみるか。茂助、邪魔したな」

伊十郎は立ち上がった。

「あれ、旦那。もう行っちまうんですかえ」

茂助が落胆したような声を出した。

「仕事のけりがついたら、また寄らせてもらう。かみさんによろしくな」

「そうですかえ。じゃあ、お待ちしていますからね。きっとですぜ」

その言葉に手を上げて応えてから、伊十郎は庭を突っ切って通りに出た。

蔵前通りを来たときとは逆に辿り、浅草御門をくぐって横山町にやって来た。

酒問屋の『樽庄』は大八車に樽酒を積んでいた。どこぞに納める品か。

横手の家族が出入りをする戸口に立ち、伊十郎は中に呼びかけた。

はあいという声とともに女中が出て来た。同心の姿を見て、驚いたように大きな目をぱちくりさせた。

「ご隠居はいるか。ちょっと教えてもらいたいことがあるのだ」

伊十郎は安心させるように言った。

「あの……」

何か言いかけたが、

「少々、お待ちください」

と言い、女中は奥に向かった。

しばらくして、羽織姿の主人らしい四十前後の男がやって来た。

「私は主人の樽右衛門にございます。父に御用だそうでございますが」

樽右衛門はとまどいぎみにきいた。

「うむ。ご隠居は留守か」

そうきいたあとで、何かおかしいと伊十郎は思った。

「まさか、ご隠居は？」

「はい。一年前に亡くなりました。流行り病であっけなく」

樽右衛門がしんみり言った。

「そうだったのか。それは知らなかった」

「お訊ねの件とは、どのようなことでございましょうか。私どもでわかるものであれば」

伊十郎は迷ったが、思い切って口を開いた。

「以前、小網町一丁目の思案橋の袂にあった『おかる』という呑み屋の女将のことだ」

「『おかる』の女将？」

樽右衛門は不思議そうにきき返した。

「そうだ。現在、どこに住んでいるか知りたかったのだ」

「そうでございますか。おかるさんは、父からの援助であの店をはじめたのですが、半年ほど前に体を壊してお店をやめたと聞いています。田舎に引っ込んだという噂もありましたが、ほんとうのことはわかりません」

「知っている人間はいないのか」

「さあ、私どもではわかりません」

「そうか。邪魔をした」

伊十郎は外に出た。

さて、どうするかと迷いながら歩きだすと、目の前に浜町堀が現れた。たちまち、おふじの顔が脳裏を掠めた。

おふじのところに寄って行くか。いや、この時間は弟子に稽古をつけているかもしれない。だが、念のために、家の前まで行ってみよう。

そんなことを考えながら、足を高砂町に向けたとき、

「旦那」

という声を背中に聞いた。

その声は辰三だった。覚えず、伊十郎は顔をしかめて立ち止まった。

「旦那。どちらへ?」

「いや。これから『おせん』に行こうとしたんだ。じつはな」

と、浅吉とお咲の件を話し、伊十郎は続けた。

「おせんが『おかる』の女将のことをもしや知ってはいないかと思ってな」

「知っているでしょうか。『おかる』って店がなくなったあと、別な店が開店し、そのあとに『おせん』がはじまったそうですからね」

「うむ」

おふじのところに足を向けようとしたことをごまかすためにとっさに思いついたことで、伊十郎もおせんは知らないと思っている。

「ところで、そっちはどうだ?」

伊十郎は話を逸らすようにきいた。

「それが面白いことがわかりましたぜ。幸之助とお久は出来ていたんじゃないかって話です」

「証拠でもあるのか」

「へい。朋輩の女中がお久がそれらしきことを話していたのを覚えていました。でも、はっきりしたことがないので、おおっぴらには言えなかったそうですが」

「ふたりが出来ていたとなると、お久が急にお店をやめたのは……。そうか」

伊十郎ははたと気づいたことがあった。

「なんですね」

辰三が訝しげにきく。

「お久は幸之助の子を身籠もったんじゃないか」

あっと、辰三は声を上げた。

「朋輩の話だと、やめるまえに、お久はときたま気持ち悪くなって吐いたりしていたと言ってました。病気じゃないかって心配したそうです」

「ますます、あやしいな」

ふと気づくと、高砂町の角にやって来た。おふじの家の近くだ。ふと三味線の音が聞こえた。

辰三が聞き耳を立てたので、伊十郎はあわてて言った。

「辰三。ともかく、『おせん』に行って、落ち着いて考えようじゃねえか。暖簾をかける前に、入れてくれるだろう」

「ええ、そりゃだいじょうぶですよ」

簡単にごまかされ、辰三はうれしそうに言う。三味線の音に気をとられたことなど、すっかり忘れている。

辰三は、伊十郎がおせんに鼻の下を伸ばさないのを、伊十郎の大きな進歩だと受けとめているようだ。だからおふじのことは絶対に知られてはならないのだ。

『おせん』の前にやって来た。まだ暖簾をかける前だったが、『おせん』の店内に入れてもらった。

小上がりの座敷で、伊十郎と辰三は壁に向いて座った。客が入って来たとき、同心と岡っ引きがいると気づかれないようにするいつもの配慮だ。

「まだ、何も出来ませんので」

そう言い、おせんは茶を出してくれた。

「すまない。俺たちのことは気にしないでいい」

伊十郎はおせんに言ってから、

「女将は、以前、ここに『おかる』って店があったのを知っているか」

と、念のためにきいた。

「知っていますよ」

「なに、知っている」

いやにあっさり答が返って来たので、かえって面食らった。

「知っているって、どうしてだ？」

「『おかる』の女将さんが店を売りに出していると聞いて、会いに行ったことがあるんですよ。ちょうど、居抜きの店を探しているときでしたので。半年前のことでした」

おせんは当時を懐かしむように続けた。

「そんときは、ひと足違いで、他に買い手が決まってしまったんです。でも、ひと月ほど前に、またこの場所が売りに出て。縁があったんでしょうね」

最初の買い手のことには興味はない。伊十郎は肝心なことをきいた。

「『おかる』の女将さんはどこにいるか知っているか」

「ええ、根岸(ねぎし)に住んでいるはずです」

「根岸だと」

「ええ、店を売った金で、むこうに家を借り、ゆっくり過ごすのだと言っていました。半年前のことですけど」

「そうか。助かった」

まさか、おせんが知っていたとは……。

「旦那。おかるに会えば、浅吉とお咲のことは何かわかるかもしれませんね」

辰三は声を弾ませた。

「うむ。あとはお久の件だ」

湯呑みを摑んで、伊十郎が頭を切り換えて言う。

「そのことですが、やはり、お久は身籠もったんですよ。幸之助は打ち明けられてあわてたに違いありません。女中に手をつけたとあっては、旦那が許してくれないかもしれませんから」

「それより、幸之助には最初からお久と所帯を持つ気などなかったに違いない。遊びだったんだ」

伊十郎は幸之助の腹の内が読めた。いずれ暖簾分けをしてもらう身だ。そのときは、山形屋が決めた女を嫁にする。それが、問題なく独立出来る手立てなのだ。

だが、幸之助はお久に手を出し、身籠もらせてしまった。

このことが山形屋に知れたら、山形屋は烈火のごとく怒るだろう。暖簾分けも取りやめになるかもしれない。

それで、お久を言いくるめてお店をやめさせた。

「旦那。まさか、お久はもう……」

辰三が生唾を呑み込んだ。

「生きていまい」

伊十郎も痛ましげに言う。

「幸之助のやろう。おとなしそうな顔をしやがって」

辰三が口許を歪めた。

「まだ、証拠があるわけではない。先走るな」

「ですが……」

「辰三。お久が殺されたとしたら、死体はどこにあるんだ？　身許の分からない死体は見つかっていないんだ」

「ってことは、まだどこかに埋められたまま」

「そうだ。だが、死体をひとりでどこかに運び、埋めるなんて難しい」

「じゃあ、手伝った者が？」

「そうだ。それが由吉だ」

伊十郎は謎を解いていく。

「なぜ、由吉がそんなことを手伝うんですかえ」

「金だ。由吉はお幸を身請けするために金が欲しかったのだ。幸之助はそこにつけ込んで、由吉に手伝わせたのだ」

「そういうことか」

「そう考えれば、あとの幸之助の行動は想像がつく。由吉はお幸を身請けすることを諦めていた。だから、酒びたりの毎日だった。幸之助はそんな由吉を見て不安になったのかもしれない。それよりも、由吉は幸之助を強請(ゆす)ったのかもしれない。このままでは、由吉の口から秘密がばらされる。それで、幸之助は由吉を手にかけた」

「じゃあ、由吉が首をくくったというのは幸之助の細工だと」

「そうだ。幸之助は由吉を殺しているのだ。お幸を身請けしたのは良心の呵責(かしゃく)からだ」

伊十郎は言いきったが、証拠があるわけではない。問いつめても、とぼけられたらおしまいだ。

幸之助はおとなしそうな顔をしているが、案外としぶといかもしれない。いや、己の身を守るためなら、必死で抵抗してくるはずだ。『山形屋』の暖簾分けが取りやめになるどころではない。捕まれば死罪だ。

「証拠が欲しい」

一番の証拠はお久の死体だ。だが、埋めた場所を探す手掛かりはない。

「旦那。土蔵から五十両を盗んだ件を蒸し返し、幸之助を威したらどうですかえ」

辰三が思いついたように言った。

「うむ」

伊十郎は迷った。

「その件も含め、幸之助を問いつめてみてはいかがですかえ。しらを切るでしょうが、幸之助を追い詰めていけば、いずれぼろを出すかもしれませんぜ」

それでぼろを出すような男かどうか、その見極めがつかない。

「よし。少し汚い手だが」

伊十郎はあることを思いつき、辰三に耳元で囁いた。

「へえ、わかりやした」

辰三は目を輝かせた。

卑怯(ひきょう)なやり方だが、仕方ないと、伊十郎は腹をくくった。

第四章　思案橋にて

一

　二日後の朝、髪結いに髪を結ってもらいながら、伊十郎はきのう根岸の里を歩きまわったことを思いだした。商家の寮や百姓家、それに小商いの店などに聞き込みをかけたが、『おかる』の女将を見つけることは出来なかったのだ。根岸ではなかったのか。

　ふと、横目に辰三の姿が目に入った。

「旦那。すいやせん」

　伊十郎は髪を引っ張られたまま、横目で辰三を見た。

「何か動きがあったか」

「いいえ、まだ。きのうは長屋に帰ったあとも出かけませんでした。夜が更けてから出かけるかと思って、ずっと見張っていたんですが、出て来ませんでした」

きのう辰三は、『山形屋』の幸之助に脅し文を送りつけたのだ。

「でも、怯えていましたから必ず動くと思います」

「だとすると、今夜あたり」

「ええ。期限は明日までです。今夜中に、確かめるはずです」

文には、お久の死体を見つけた。由吉の件も黙っていて欲しければ口止め料として十両出せと認めたのだ。

文が嘘かまことか、幸之助はお久の死体を埋めた場所に調べに行くだろう。そう読んだのだ。

「出かけるのは夜とは限らない。昼間の可能性もある」

「へい。貞吉を長屋に張り付けています。あっしもこれから貞吉と合流して幸之助を張ります」

「よし。俺もあとから『山形屋』に行ってみる」

「へい。じゃあ」

辰三は屋敷を出て行った。

「旦那。ほんとうに、最近、『ほたる火』が出ませんね。どうしちゃったって言うんでしょうか。まさか、もう盗みはやめたわけではないでしょうに」

髪結いの声が頭の上から聞こえる。

「いや、そのうちに動き出すだろう」

足首の打ち身が治れば、また活動をはじめるはずだ。そう思ったとき、久しぶりに手のひらにあのときの感触が蘇った。

『ほたる火』が女だとは、誰も知らない。

「へい。お疲れさまでございます」

髪結いが肩にかかった手拭いをはずして言った。

「ごくろう」

伊十郎は手鏡に顔を映し、満足そうに頷いた。

それから、伊十郎は松助を供に奉行所に出仕した。

同心詰所で高木文左衛門が出仕するのを待っていると、松助が詰所に入って来た。

「高木さまが出仕されました」

「よし」

伊十郎は同心詰所を飛び出し、玉砂利を踏んで玄関に向かう高木文左衛門に駆け寄った。

「高木さま」

伊十郎は回り込んで、腰を屈めて呼びかけた。

「おう、伊十郎か。ちょうど、よかった。内山多門どのの件だ。御用人の塚田右兵衛どのが明後日ならお会いくださるそうだ」

「さようでございますか。して、場所は？」

「内山どののお屋敷だ。わかるか、神田小川町だ」

「はい。では、さっそくお伺いしてみます」

「うむ。それから、百合どのが、そなたによしなにということであった。近々、わしの屋敷にやって来ることになっておる。そのとき、そなたのところにも顔を出すであろう」

「はっ。畏まりました」

伊十郎は覚えず深々と頭を下げていた。

百合のことを考えると、つい端唄が口からついて出そうになった。と、端唄で、おふじを思いだした。

大きくため息をつき、詰所に戻り、改めて松助と中間を供に奉行所を出た。

しかし、伊十郎はそのまままっすぐ大伝馬町に向かった。往来は人通りが多い。

ひとの合間を縫うようにして『山形屋』の近くにやって来た。

『山形屋』の店先が窺える紙問屋の脇に、辰三と貞吉の姿があった。

「どうだ？」

「まだ、動きません」

辰三は焦れたように言う。

「やはり、夜か」

伊十郎は呟く。

ひと目を避けるなら夜のほうが都合がいいだろうが、なにも、穴を掘り返す必要はないのだ。掘り起こされたかどうかをみるだけでいい。それならば、昼間の明るいときのほうがいいはずだ。

幸之助が動くかどうか。僅かでも不安があれば、確かめようとするはずだ。

これは賭けだった。脅し文に反応して、幸之助が死体を埋めた場所の様子を見に行くか否か。

もし、無視されたら、次に打つ手はなくなる。いや、お久はどこかで生きている可能性もあるのだ。ひと知れぬ土地で、お久は幸之助の子を産もうとしているのかもしれない。あるいは、幸之助とお久はまったく無関係だということもあり得る。

すべては、幸之助が動くかどうかにかかっているのだ。

「ここにいても仕方ない。ちょっと源助のところに行ってみる」

伊十郎がそう言ったとき、

「旦那。出てきました」

と、辰三が店先を見て言った。

羽織姿の幸之助はひとりで外出した。

「よし。辰三、貞吉、つけろ。俺は、ふたりのあとをつける」

「へい」

辰三と貞吉は東堀留川のほうに向かった幸之助のあとをつけた。そのあとを、伊十郎はついて行く。

川沿いを行く辰三と貞吉の前にいる幸之助は小網町二丁目に差しかかった。まだ暖簾(のれん)も出ていない『おせん』の前を通り、鎧河岸を過ぎて、北新堀町で日本橋川にかかる湊橋を渡って霊岸島に向かった。

幸之助の住いは霊岸島の南新堀一丁目の長右衛門店である。まさか、いったん、長屋に帰るだけなのかと思っていると、南新堀一丁目に向かわず、そのまままっすぐ歩を進めた。

幸之助が目指したのは鉄砲洲稲荷だった。その境内に入った。遅れて辰三と貞吉が入り、続いて伊十郎も稲荷に到着した。

伊十郎は銀杏の大樹の陰にいた辰三に追いついた。

「単なるお参りですかねえ」

幸之助は拝殿の前に立った。

伊十郎も首を傾げた。

「いや。仕事の合間にわざわざお参りに来るとは思えないが」

そのうち、幸之助は拝殿の前を離れ、社殿の裏手にまわった。左手には富士山信仰の富士塚がある。

伊十郎と辰三、貞吉もあとを追う。

裏手に来てから、幸之助は立ち止まった。そして、辺りを用心深く見回した。それから、社殿の床下に身を潜り込ませた。

「旦那。まさか」

辰三が緊張した声を発した。

「うむ。どうやら埋めたのではなく、社殿の床下に投げ込んだのかもしれない。それなら、穴を掘る作業がいらないからな」

幸之助は床下に体を入れた。しばらくして出て来た。

「どうしますか」

「支配違いだ。境内を出てからだ」

寺社は寺社奉行の管轄で、町奉行所は手が出せない場所だ。

床下から出て来た幸之助は小首を傾げて、すぐにその場から離れ、鳥居のほうに向かった。

「床下を確かめてくれ。俺は奴を引き止めておく」

「へい」

辰三は頷き、

「貞吉。床下に入ってみろ」

と、命じた。

床下の奥は真っ暗だ。火縄に火をつけてから、貞吉は床下に潜り込んだ。

伊十郎は幸之助のあとを追った。

そして、境内を出て、稲荷橋に近づいたところで、伊十郎は声をかけた。

「幸之助。こんなところに何をしにきたのだ?」

いきなり背後から呼ばれ、幸之助は一瞬跳び上がったように立ち止まった。

伊十郎は幸之助の前にまわった。

「これは、井原さま」

幸之助の声が震えている。

「社殿の床下に潜り込んだようだが、何をしたのだ?」

目を剝き、幸之助は口をわななかせた。

「あそこにお久がいるのか」

伊十郎は鋭い声で問いただした。

幸之助の体が震え出した。

そこに、辰三と貞吉が駆けつけて来た。

「旦那。ありました」

辰三が昂奮した声を上げた。

「簀巻きにされた細長いものから髪の毛が覗き、反対側には足の指先らしきものが見えました。女です」

「幸之助、説明してもらおうか」

「………」

「おい。幸之助。黙ってねえで、なんとか言ったらどうだ」

辰三が大声を張り上げた。

蒼白（そうはく）になって突っ立っていたが、

「ど、どうして……」

と、幸之助はやっと口を開いた。しかし、声は途切れ、あとは口をわななかせただけだった。

「脅し文は俺が出したのさ」

辰三が言うと、幸之助はげっとのけぞった。

「こっちの期待どおりに死体の隠し場所に来てくれたものだ」

辰三は勝ち誇って言う。

「幸之助。ともかく、大番屋まで来てもらおう」

伊十郎が言うと、辰三と貞吉が幸之助の両側に立った。

一行は稲荷橋を渡り、亀島町（かめじまちょう）川岸（かわぎし）通りから南茅場町にある大番屋にやって来た。途中、幸之助は何度も躓（つまず）き、転びそうになった。

土間に敷いた莚の上に、幸之助を座らせ、伊十郎は改めて問いただした。

「幸之助。あの死体はお久か、それとも別人か。どうなんだ？」

「お久でございます」

幸之助は観念したように弱々しい声で答えた。

「事情を説明してもらおうか」

「決して、殺すつもりはありませんでした」

「言い訳はいい。順序だてて話してみろ」

「はい」

幸之助は静かに頷いた。

「私は、女中のお久と密会を重ねていました。ところが、お久が身籠もってしまったのです。奉公人同士の色恋沙汰はお店の御法度。このことが旦那さまに知れたら、私の暖簾分けもだめになってしまいます。それで、お久を説き伏せ、お店をやめさせ故郷に帰ったことにさせたのです。そして、本湊町の炭屋の二階に部屋を借り、私の妹ということにして住まわせました」

幸之助は涙声で続けた。

「私はなんとかお腹の子を下ろすように説きましたが、お久は言うことを聞いてくれません。その悩みを、つい隣に住む由吉さんに話しました。そしたら、由吉さんがいい医者を知っているからと、ふたりでお久をだまして、中條(ちゅうじょう)流のお医者さんのところに連れて行こうとしたのです。でも、途中、それと気づいたお久は逃げ出して……」

　言葉を詰まらせたが、幸之助は大きく息を吐いてから、

「夜道だったので、お久は石ころに躓いて転んでしまったのです。倒れた拍子に腹を打って……。見ると、血が……」

「流産したか」

　伊十郎は痛ましげに呟く。

「すぐに医者に連れて行こうとして、由吉さんが背負って医者に向かったのです。でも、そんなことをしたら、お店にわかってしまうと踏みとどまってしまいました。そのうち、お久の様子がおかしくなったのです。荒かったお久の呼吸がだんだん静かになって……」

　幸之助は嗚咽(おえつ)をもらした。

「私はお久を見殺しにしてしまったのです」

「それから、ふたりでお久の死体を鉄砲洲稲荷に隠したのか」

「はい、ふたりで運びました。あそこが一番近かったものですから。居候している炭屋の主人には急に田舎に帰ることになったと言い訳をして部屋を引き払いました」

ほんとうはふたりで殺したのかもわからない。だが、いまとなってはそれを証すことは出来ない。ただ、幸之助の言葉に嘘はないように思えた。

「由吉についてはどうだ？　おまえはお久の件で、由吉に強請られていたのではないか」

「いえ。由吉さんはそんなひとではありません。ただ、お久のことではずいぶん良心の呵責に責め苛まれておりました。おかみさんのこともあって、いっそう酒浸りになっていったのです。首をくくる前の日、由吉さんは私に言いました。もう、生きていても苦しいだけだ。死にたいと」

幸之助は息継ぎをして続けた。

「お幸を身請けしてやりたかったが、俺には無理だったと泣いていました。私は、由吉さんの心はぼろぼろになっていたと思いました。酒を呑んで酔ったついでに、お久の件が口をついて出てしまうのではないかと、由吉さんのことが不安になりました。ですから、死にたいという言葉を聞いたときには、心の内で、じゃあ、死んでくれと願っていました。あの日、お店から長屋に帰ると、由吉さんがいません。私は胸騒ぎがして、裏手の雑木林に行ってみました。そしたら、まさに由吉さんが首をつろうとしていました」

幸之助は首をがくんと落とした。

「あのとき、助けようと思えば助けられたのです。でも、私は助けに入りませんでした。このまま由吉さんが死んでくれたら、もう何も心配はいらないのだと」

幸之助は頭を抱えた。

「私は首をくったのを確かめてから長屋に帰りました。そして、眠れぬ夜を過ごし、翌日は何事もなかったかのようにお店に出ました。でも、私の脳裏に、いつも木の枝からぶらさがっている由吉さんの姿が蘇るのです。何日経っても、由吉さんの姿が頭の中から消えません。それで、由吉さんの願いを叶えてやろう。それが罪滅ぼしだと思って、おかみさんが勤めている娼家に出かけたのです」

幸之助は首を垂れて嗚咽を堪えた。

「ふたりを見殺しにしたのに、自分は『山形屋』の暖簾を分けてもらって独立して、ちゃんとやっていけると思ったのか」

「いえ。いつもお久と由吉さんが夢に出て来ました。このままじゃ、だめだと思っていました。捕まってよかったと思います」

重い荷を下ろしたように、幸之助は大きく息を吐いた。

「以前、おまえは、お幸が自分の死んだ妹と同じ名だったと言っていたな。妹のことは嘘で、お久のことを妹になぞらえて言い訳をしていたのか」

「いえ、妹のこともほんとうでございます。ただ、名前はお幸ではありませんが」

幸之助は涙ぐんだ。

「そうか。妹のことはほんとうだったのか」

伊十郎は切なくなって、

「お幸にはどこまでほんとうのことを知らせるべきであろうな」

と、幸之助に相談するようにきいた。

「半年の命なら、悪いことを知らせずにおこうと思いましたが、仕方ありません」

幸之助は静かに答えた。

「お幸が気にしているのは亭主のことだ。お幸は由吉に何かあったと思っているようだ。だが、由吉は病で死んだことにし、そなたは仕事が忙しくて顔を見せられないと話しておこう」

「ありがとうございます」

それから、『山形屋』の主人を呼び、さらに長右衛門店の家主を呼び、さらには奉行所に行き、鉄砲洲稲荷に捨てられたお久の亡骸を引き取るために寺社奉行への許しを得るように求め、その夜、遅く、伊十郎は幸之助の入牢証文をとり、翌日の朝に、幸之助を小伝馬町の牢屋敷に送った。

二

その日の昼過ぎ、伊十郎は小者の松助を連れて、下谷広小路から上野山下を通り、入谷坂本町を過ぎて左に折れ、再び根岸の里にやって来た。

音無川のせせらぎがざわついた心を鎮めてくれる。百合とふたりでこのせせらぎに耳を傾けるのもよいなと思ったとき、いきなりおふじのことを思い出し、伊十郎はうろたえた。

松助が不思議そうに伊十郎を見ていた。

そのとき、うぐいすの鳴き声が聞こえたので、

「いい音色だ」

と、聞き入っているふうを装った。そして、伊十郎は素知らぬ顔で、御行の松

の前を通り、寮を見ながら、おかるが住んでいるという庵のような家を探した。

「旦那。きいてきます」

松助が年寄りを見かけて駆け出して行った。その年寄りは首を傾げた。さらに、松助は遠くまで走り、百姓家に行ったり、寮の番人にきいたりしていた。

その間、伊十郎は音無川のせせらぎに耳を傾けながら、百合とおふじの顔を交互に思い出していた。凜とした高貴な美しさの百合と妖艶なおふじはまったく異質でありながら、伊十郎の心を鷲摑みにした。

俺はおかしいだろうか、と伊十郎は自問する。百合と暮らすようになれば、おふじへの思いは薄らいで行く。きっと、そうだと、自分に言い聞かせた。

ようやく見つけ出したのか、松助が勇んで戻って来た。

「やっと、わかりました。ひと月ほど前に、おかるは日暮里に越したそうです。道灌山の近くだそうで」

「やはり、越していたか」

伊十郎は日暮里に向かってさらに先に進んだ。

大きく湾曲した音無川に沿って歩いて行くと、前方に道灌山が見え、その先には花見の名所の飛鳥山があり、はるかかなたに筑波山が望めた。

道灌山のほうに足を向け、松助がまた途中の百姓家にききに行き、そういうことを何度か繰り返して、ようやく目的の場所に出た。

「あの雑木林を抜けたところです」

松助が先頭に立ち、雑木林を抜けた。すぐにこぢんまりした藁葺き（わらぶき）の家が現れた。

「あそこでございましょう」

松助がほっとしたようにいう。

静かな佇（たたず）まいの家だ。枝折り戸（しおりど）を開け、中にはいる。

戸口に向かうと、

「どちらさまで」

という声が庭のほうから聞こえた。

顔を向けると、五十前と見える女が花に水をやっていた。

「北町の井原伊十郎だ。半年前まで、小網町で『おかる』という呑み屋をやっていたおかるか」

伊十郎は前に出てきいた。

「はい。さようでございます」

「昔、『おかる』で働いていたお咲という娘のことで訊ねたいことがある」

「お咲ですか」

おかるは表情を曇らせた。

「どうぞ、こちらから」

おかるは庭伝いに、奥に向かった。伊十郎と松助がついて行く。

沓脱ぎ石に庭下駄を脱いで、おかるは縁側に上がった。

「お上がりください」

おかるが勧めたが、伊十郎は遠慮し、

「ここでいい」

と、縁側に腰を下ろした。

おかるは板敷の上に正座した。

「店を閉めたのは、どういうわけなんだ？」

「はい。世話を受けていた旦那が亡くなったんです。とてもいい旦那でした。私もなんだか疲れやすくなってきたので、この際、店を閉めて、旦那の冥福を祈りながら余生を送ろうと決めたのでございます」

改めて見ると、肌艶からは五十前という見た目より、おかるはもう少し若いのかもしれない。老けて見えるのは、病み上がりでやつれて見えるせいか。

「お咲がいま、どこにいるか知っているか」

伊十郎は改めてきいた。

「はい」

おかるは小さく答えた。

「どこだ？」

「どうして、お咲のことを？」

すぐには居場所を言おうとせず、おかるは用心深そうにきいた。

「浅吉という男を探している」

「浅吉……」

おかるの表情が強張った。

「浅吉を知っているな」

「はい。一時、お店によく来ていましたから」

「では、源助のことも覚えていよう」

「はい。おふたりはよくお店に来ていました」

微かに、おかるの口許が歪んだようだ。

「ふたりはお咲とは親しかったようだな」

「はい」

「七年前、源助に何があったか知っているか」

「親分さんが私のところにもやって来ましたから。なんでも、源助さんに通行人を襲ってお金を奪ったという疑いがあるということでした」

「そうだ。その後、浅吉とお咲はどうした？」

一呼吸間を置き、

「ふたりは夫婦になりました」

と言ったあと、おかるは顔を歪めた。

「そうか。いっしょになったのか。で、いまは？」

おかるは軽くため息をついてから、

「ふたりがいっしょになってしばらくして、お咲が私のところにもう一度働かせてくれとやって来たんです」

声に力がない。が、ときおり、見せる流し目には若いころの色香がまだ残っていた。

「うまく行っていなかったのか」

「浅吉さんは稼いだ金をみな博打(ばくち)に注(つ)ぎ込んでしまうそうです。だから、暮らしにも困っているようでした」

源助との約束を、浅吉は反故(ほご)にしたのだ。

なぜ、浅吉は再び博打に走ったのか。想像に難くない。おそらく、お咲は源助のことが忘れられなかったのだろう。そのことを察した浅吉は、再び自棄(やけ)になり、博打にのめり込んでいったのであろう。

「それで、お咲はいまどこにいるのだ？」

伊十郎は改めてきいた。

「浅吉さんの博打で負けた借金の形に身を売りました」

「なに、身を……」

思いがけぬ成り行きに、伊十郎は言葉を失った。

「で、お咲はいまどこに？」

「深川の仲町だと聞きました。どこの店かはわかりませんが」

「仲町……」

たちまち、お幸の言葉が蘇った。

――私が最初に売られた仲町の『大霧家』というお店にお小夜さんという妓がおります。お小夜さんも私とまったく同じ事情で売られて来ました。私は、病気になってから、お小夜さんに看病してもらったり、とてもよくしていただきました。余ったお金をぜひ、お小夜さんに上げてください。いつか苦界から脱けだすための少しでも足しになれば。

お小夜というのがお咲ではないだろうか。

「仲町の『大霧家』、お小夜という名を聞いたことはないか」

「いえ」

おかるは首を横に振ってから、身を乗り出すようにしてきいた。

「お小夜というのが、お咲なんですか」

「わからぬが、このお小夜も亭主の博打のせいで苦界に身を落としたらしい」

「お咲だと思います。可哀そうに」

「浅吉の行方は知らないか」

「深川辺りにいるという話です。それにしても、ひどい男です。浅吉は」

おかるは身を震わせた。

「ともかく、お小夜という女をそれとなく調べてみよう」

「旦那。お咲はほんとうは源助さんが好きだったんですよ。源助さんが江戸を離れたあと、ひどく落ち込んでいました。それを、浅吉が……」

おかるは悔しそうに吐き捨てた。

「おかる。悪い奴にはいつか罰が当たるものだ。もうしばらく待っていろ」

「はい。旦那。お願いします」

おかるは深々と頭を下げた。

伊十郎は来た道を戻り、根岸御行の松の前を通り、上野山下から下谷広小路を過ぎ、筋違橋(すじかいばし)を渡った。それから、まっしぐらに深川を目指し、永代橋を渡り、仲町の『大霧家』にやって来た頃には陽(ひ)はだいぶ傾いていた。

店は開いている。客がいるのかもしれない。

汗を拭(ふ)き取ってから、伊十郎は『大霧家』に近づいた。

戸口の前に、若い者が立っていた。

「旦那。何か」

「ここに、お小夜という妓がいるな」

「へい」

若い者が警戒ぎみに答える。

「亭主に会わせてもらいたい。心配するな。ただ、お小夜のことをききたいだけだ」

「少々、お待ちを」

若い者は土間に消えた。

ほどなく戻って来て、どうぞと、伊十郎を中に招じた。

狭い土間の正面に二階に上がる階段があり、横に内証があった。伊十郎は内証に入った。長火鉢の前に、きつね顔の男が座っていた。

「八丁堀の旦那が顔を出すなんて、ただごとじゃありませんね」

いきなり、男が言う。

「大仰なことではない」

伊十郎は刀を外して、とば口に腰を下ろした。

「お小夜という妓のことで教えて欲しい。お小夜は源氏名だな」

「さようで」

「ほんとうの名はなんという?」

「旦那。気になりますから、わけを教えていただけませんかえ」

「ひと探しだ。お小夜が探している女かどうか、知りたいのだ」

「さようですか。お小夜のほんとうの名はお咲です」

亭主はあっさり答えた。

「やはり、お咲か」

伊十郎は安堵のため息を漏らした。

「ここに以前、お幸という女がいたな」

「へえ。よくご存じで」

亭主が眉根を寄せた。病気になったお幸を『花家』に鞍替えさせたことに負い目を持っているのか。

「心配するな。お幸のことは関係ない。お小夜に会わせてもらえぬか」

「よございましょう」

亭主は遣り手ばばを呼んで、

「お小夜を呼んでくれ」

と、命じた。

遣り手ばばは四十過ぎの女だ。何年か前までは、自分も客をとっていたのだろう。

「わかりました」

そう言い、遣り手ばばは奥に向かった。

少し待たされてから、三十歳ぐらいの女が現れた。素顔を隠すように白粉(おしろい)を厚く塗り、細い首の襟足も白く塗っている。だが、いくら白粉を塗りたくっても、寂しげな表情は隠せない。

「お小夜、旦那が話があるそうだ」

亭主が声をかけた。

お小夜は敷居の手前で腰を下ろし、伊十郎に軽く頭を下げた。

「どこか、部屋を貸してもらいたい。納戸(なんど)でも構わぬ」

伊十郎が頼むと、亭主は一瞬いやな顔をしたが、

「奥の部屋を使ってもらえ」

と、遣り手ばばに言った。

案内されたのは、窓のない部屋だ。遣り手ばばがつけた行灯(あんどん)の明かりが侘(わび)しく部屋を照らす。隅に、ふとんが積み上げられている。陰気な部屋だった。

遣り手ばばが出て行って、ふたりきりになってから、伊十郎は切り出した。

「おまえはお咲だな」

「どうして私の名を？」

お咲は訝しげにきいた。

「源助を知っているか」

「えっ、源助さん。源助さんがどうかしたのですか」

「いま、江戸に帰って来ている」

「ほんとうですか」

お咲の表情が輝いた。

「源助さんは、ご達者で？」

「いま、怪我をしているが、大事ない」

「まあ」

たちまち、お咲は顔を曇らせた。

「お咲。浅吉はどうしているか知っているか」

「いえ、わかりません」

「そなたは、浅吉のためにこのような暮らしに追いやられたのだな」

お咲は俯いた。

が、すぐに顔を上げ、

「源助さんは私がここにいることを知っているのですか」

と、真剣な眼差しできいた。

「いや、まだ知らぬ」

「どうか、知らせないでくださいまし」

「なぜだ？　源助は会いたがっている」

「こんな姿になった私を知られたくありません。お願いです。どうか、内緒に」

涙ながらに、お咲は訴えた。

「お咲。何事も諦めるな。悪いことばかりではない。きっと、いいこともある。逃げてはなにもはじまらぬ。現実を見つめ、その上で前向きに生きるのだ」

「でも、こんな汚れた女に夢も希望も……」

「それは違う」

伊十郎は遮った。

「ここにいたお幸を覚えていよう」

「えっ、お幸ちゃん？　お幸ちゃん、元気でいるのですか」

「いろいろ事情があり、詳しく話せないが、お幸はいま身請けされ、深川猿江村にある百姓家の離れにいる」

「まあ、身請けされたのですか。よかった、ほんとうによかった」

心底、喜んでいるようだった。

「お幸は、そなたにやさしくしてもらったことをとても感謝していた」

「いいえ、なにもしていません。ただ、私と同じような境遇だったので、人ごととは思えなかったのです。ほんとうによかった」

「お幸は医者の診立てでは、もってあと半年だそうだ」

「えっ」

お咲は顔色を変えた。

「本人もわかっている。そなたのことを気にしていた。自分の薬代にかかる金を、そなたに上げてくれと頼まれた」

「お幸ちゃん……」

お咲は嗚咽（おえつ）を漏らした。

「よいか。生きていさえすれば、必ずいいことがある。そう信じろ」

「はい。ありがとうございます」

伊十郎は立ち上がり、

「源助の傷が治ったら、そなたのことを話すつもりだ。現実から逃げるな、よいな」

「はい」

伊十郎は部屋を出て、内証に寄り、亭主と遣り手ばばに声をかけ、『大霧家』を出た。

お咲のことはわかったが、肝心の浅吉の行方はわからない。源助は、まさかお咲が苦界に身を落とされたとは想像もしていなかったに違いない。

三

翌日の午後、伊十郎は松助を供に、鎌倉河岸から三河町を突っ切って武家地に入り、小川町に向かった。

途中、辻番所で訊ね、内山多門の屋敷に辿り着いた。

長屋門の前に立ち、物見窓に向かって声をかけた。

門番が潜り戸を開けて出て来た。

「北町奉行所の井原伊十郎と申す。御用人の塚田さまにお会いしたく、お取り次ぎいただきたい」

「少々お待ちあれ」

両刀を差した大柄な門番は、玄関のほうに向かった。しばらくして戻って来た。

「ただいま、参られます」

と、伊十郎に声をかけた。

やがて、四十半ばと思える分別のありそうなしっかりした顔だちの武士がやって来た。

「井原どのですか。塚田右兵衛でござる。どうぞ、こちらへ」

塚田は長屋の一番奥の部屋に案内した。部屋の中に何も家財道具はなく、いまは使われていないようだった。

伊十郎は塚田に続いて板敷の間に上がった。

差し向かいになってから、改めて伊十郎は面会してくれたことを謝し、

「呉服問屋の『後藤屋』にこちらの奥方の偽者が出没した件で、いくつかお訊ねしたいことがござる」

と、伊十郎は切り出した。

「後藤屋から聞いて、驚いた次第でござる」

塚田は顔をしかめた。

「つきましては、なぜ、こちらの奥方の名を騙ったのか」

「わかりもうさん」

「最近、やめた奉公人はおられますか」

「いや。奉公人にやめた者はおらぬ」

「女中、あるいは下男などにも？」

「いない」

「そうですか」

当てが外れ、伊十郎はちょっと考え込んだ。

すぐ気を取り直し、

「こちらで、何か高価なものを紛失、あるいは盗まれたことはございませぬか」

「いや、そのようなものはない」

塚田にとぼけているような様子はなかった。

「たとえば、香枕など」

「なに、香枕？」

「はい。名月に秋草に止まって羽を広げて鳴く虫の蒔絵の香枕でございます」

「井原どの、それは……」

塚田は言いよどんだ。

「心当たりがおありで?」

「うむ。しかし、盗まれたものではない」

「と、仰いますと?」

「買い求めたのだ」

「買い求めた?」

「そうだ。奥様が最近、寝つかれぬご様子だった。そんなときに、香枕のことを聞き、探していたところ掘り出し物が出たという。それを買い求めたのだ」

「して、買い求め先は?」

「深川にある『最古堂』だ」

「『最古堂』……」

逆だったのか、と伊十郎は啞然(あぜん)とした。

てっきり、奉公人がこの屋敷から香枕を盗み、『最古堂』に持ち込んだものと思っていたのだ。その奉公人がまやかしの吾助の仲間だったと考えたのだが……。

「『最古堂』と仰いますと、亭主は円蔵?」

「左様でござる」

「なぜ、ご当家は『最古堂』で買物を？」

「わが屋敷に出入りをしている商人のひとりが『最古堂』の円蔵でござる。奥様が、円蔵に、よい香枕が入ったら知らせて欲しいと頼んでいたのだ」

「そういうわけでしたか」

伊十郎は目まぐるしく頭を回転させた。行きつ戻りつしたような思考の果てに、あとで考えれば単純なことにようやく気づいた。

「円蔵は、ご当家に後藤屋も出入りをしていることを知っていたのですね」

「うむ。何度か顔を合わせているだろう」

「しかし、奥方が後藤屋と顔を合わせることはなかったのですね」

「そう。奥様がじきじきに商人と会うことはない。後藤屋が置いて行った反物をあとで見るだけだ。気にいったものがあれば、あとで拙者が後藤屋にお伝え申した。じつは」

塚田は言いよどんだが、

「奥様は高貴な御家の出のため、少々、自尊心のお高い方でござって……」

と、言いにくそうにあとの言葉は濁した。

なるほど、それで、町方の者にはあまり顔を晒すようなことはなかったのだ。

つまり、偽者は後藤屋が内山家に出入りをしていることを知っていたと同時に、後藤屋がほとんど奥方に会ったことがないことも知っていたことになる。

その条件に合うのは、内山家出入りの商人すべてだろうが、疑いを向けるとしたら、あの男しかいない。

円蔵だ。円蔵は誰かから持ち込まれた香枕を奥方が気に入るだろうと考えて、盗品を承知で購入したのだ。

持ち込んだのは、やはりまやかしの吾助ではないのか。しかし、『後藤屋』の反物の件の交換条件で、香枕の件は目を瞑るということになっている。

どうやら、まやかしの吾助にお縄をかけるにはいたらなそうだった。

「いや、よくわかりました。これで、すべて氷解いたしました」

伊十郎は塚田に礼を言って、帰り支度をした。

「さようですか。ぜひとも、奥様を騙った者を捕まえて制裁を加えていただきたい。よろしくお願い申し上げまする」

塚田も応じた。

門まで見送られ、伊十郎は潜り戸を出た。

門の外で待っていた松助が近づいて来た。

「いかがでしたか」

松助がきいた。

「どうやら、円蔵にはめられていたようだ」

「どういうことですね」

「どうも、まやかしの吾助の背後に円蔵がいるような気がしてならない」

円蔵とまやかしの吾助はつるんでいる。つまり、円蔵は得意先から要望があった品物をまやかしの吾助に命じてとってこさせているのではないか。

伊十郎はそう睨(にら)んだ。

「これから深川だ」

伊十郎はふたたび鎌倉河岸を通り、永代橋に向かった。

永代橋を渡ったころには陽はだいぶ傾いていた。

伊十郎は油堀川に出て、閻魔堂橋に近づいたとき、向こうからやって来る浪人と出会った。

浪人は一瞬立ち止まったが、そのまま歩いて来た。やせて、眦(まなじり)のつり上がった鋭い顔つきの男だ。

橋の上ですれ違ったが、殺気が漂っていた。伊十郎は、先日の雨の夜のことを思いだした。

雨の闇夜(やみよ)であり、笠(かさ)をかぶっていた賊の顔はわからなかったが、背格好はあのときの侍に似ている。

すれ違ったあと、伊十郎は立ち止まり、振り返った。浪人が緊張した足取りで去って行くのがわかった。

途中、足を止め、こっちを窺(うかが)った。が、すぐに油堀川を足早に去って行った。

伊十郎は浪人のあとを追った。

腰に刀を差していた。刀剣屋や道具屋で新たに刀を買い求めた浪人は見つからなかった。いまの浪人が歩いて来た先には円蔵の店がある。

円蔵のところで刀を買い求めたのか。

浪人は佐賀町に差しかかった。伊十郎は油堀川にかかる二ノ橋の袂(たもと)で、浪人に追いついて声をかけた。

「つかぬことを訊ねる」

浪人ははっとしたように身構えた。

「なにをそうあわてているのだ?」

「いや。別に」

浪人ははっと我に返ったように言い繕った。

「失礼だが、『最古堂』の帰りとお見受けしたが?」

「違う」

浪人は否定した。

「私を覚えておいでのようですな」

伊十郎はじわりと攻める。

「知らぬ。どなたかと間違われているようだ。先を急ぐゆえ」

「お名前を聞かせていただけませぬか」

「名乗るほどの者ではない」

「源助という男のことは誰からきいたのですか」

伊十郎は当て推量にきく。

「な、なにを言うか。何のことかさっぱりわからぬ。失礼する」

狼狽(ろうばい)し、浪人は急ぎ足で永代橋のほうに向かった。

「松助。あの浪人のあとをつけろ」

「はい」

「御用箱は途中、自身番に預けよ」

「わかりました」

松助は浪人のあとをつけた。

いまの浪人が円蔵の店から出て来たのは間違いない。円蔵とつながりがあるとすれば……。

「待てよ」

伊十郎はふとあることに思い至った。

いまの浪人が源助を襲ったのだとしたら、円蔵が送り出した刺客ということになる。だとしたら、なぜ、円蔵が源助を殺そうとしたのか。

浅吉だ。円蔵の周辺に浅吉がいる。伊十郎はそう思った。

伊十郎は円蔵の店に急いだ。

やはり、円蔵は食わせ者だ。重宝しているので、大目に見てきたが、ここらで少し締めつけておく必要があるかもしれない。そう思いながら『最古堂』に着いた。

店番をしていた若い男が、伊十郎が何も言わないうちに奥に引っ込んだ。すぐ

に、戻って来て、

「どうぞ」

と、招じた。

伊十郎は大刀を腰から外して板敷の間に上がった。

いつもの四畳半の部屋に通されて待っていると、しばらくして、円蔵がやって来た。

「これは井原さま。ごくろうさまでございます。して、きょうは何か」

笑みを湛(たた)えながら、円蔵は口を開いた。

この余裕はどこから来ているのか。

「いや。近くまで来たので寄ってみただけだ」

伊十郎は表情を探るように円蔵を見つめ、

「来る途中で浪人とすれ違った。あの浪人はここからの帰りのようだったが、何しに来たのだ？」

伊十郎は鎌(かま)をかけた。

「はて、浪人ですか。きっと、店番の者が対応したのでございましょう。私にはわかりません。店番の者を呼びましょうか」

「いや、それには及ぶまい。ほんとうのことを喋るとは限らないからな」

「………」

円蔵は何も言わず、ただ微笑んだ。

「それに、いまあの浪人のあとをつけさせているのでな」

伊十郎は正直に告げた。

「あとを?」

円蔵の顔色が変わった。

「あの浪人は源助という男を殺そうとした。どうせ、金で雇われてのことだろうから、こっちの出方しだいでは誰に頼まれたことか、すぐに白状するだろう。されば、この店との関係もわかるというもの」

円蔵からすぐに返事はなかった。

「それより、その後、まやかしの吾助はやって来るか」

伊十郎は話題を変えた。

「いえ、例の反物の件でこりたのではないでしょうか。あれ以来、顔を出しません」

「じつは、ここに来る前、旗本内山多門さまのお屋敷に寄り、御用人の塚田どのと会って来た」

「………」

「俺はてっきり、香枕は内山さまの屋敷から盗まれたと思っていたが、逆だった」

「そこまでお調べなら、仕方ありません。そのとおりでございます。奥方のご所望があり、お譲りいたしました」

円蔵は平然と続けた。

「本来であれば、盗品とおぼしきものは買い入れないのでございますが、内山さまの奥方からのご所望ゆえ、手に入れてしまった次第」

「なるほど。で、香枕を持ち込んだのは誰だ？」

「それればかりはご勘弁ください」

「持ち込んだ者の名は言えぬのか」

「はい。私の信用に関わることでございますから。それに、例の反物をお返ししたときのお約束のはずでございますが」

円蔵は逆襲するように言った。

「確かにそうだ。しかし、あのとき、おまえは何と言った？」

「何のことでございましょうか」

「反物を持ち込まれたが、盗品と知って受け取らなかったと言っていたな」

「はい。さようで」

円蔵は含み笑いをして言う。

「『後藤屋』に現れたいかさま師と、その日の昼前にやって来た内山多門さまの奥方に化けた女とはぐるだ」

「さあ、そのあたりのことは私にはわかりませぬ。でも、その根拠はどこに？」

円蔵はとぼけた。

「商家の主人と倅ふうのふたりは反物を見せろと言いつのり、あげく例の西陣織の反物まで出させた。内山さまの偽の奥方が買ったことを知っているから強引に出させたのだ」

「そうでございましょうか」

円蔵は小首を傾げた。

「そのいかさま師は、『後藤屋』が内山家に出入りをしていること、そして、奥方は出入りの商人の前に現れないということを知っていた。だから、『後藤屋』は引っかかったのだ。取引のないところだったら、『後藤屋』はもう少し警戒しただろう」

「………」

「ふたつの事柄を知っている者は、内山家の奉公人か出入りの商人だ。円蔵、そなたも、そのひとりだ」

「私は何も知りませんが」

「とぼけるな」

伊十郎は一蹴する。

「よいか。俺はおまえがまやかしの吾助に指図をしたのだと思っている。さらに、香枕の件もそうだ。たまたま香枕が手に入ったのではない。まやかしの吾助に香枕を探させたのに違いない」

「証拠はございますか」

円蔵の顔つきが変わった。

「証拠なら、これから探す。きっと見つかるはずだ」

「無茶でございます」

「俺の言っていることが違うというなら、香枕を持ち込んだ者の名を言うのだ」

「そのことは言えません。何度も申し上げますが、私どもの信用に関わり、これからの商売に影響が出ますゆえ」

「わかった。さっきも言ったように、俺は今回の事件だけでなく、これまでの盗難事件のうちの高価な物については、おまえが指図したものとして、今後探索を続ける。邪魔をした」

伊十郎はすっくと立ち上がった。

「お待ちください。なぜ、そのように私をおいじめになるのでございますか」

円蔵が急に弱々しい声になった。

「いじめてはおらぬ。おまえが正直に言わないからだ」

「正直に話しているつもりですが」

円蔵は見上げて言う。

「では、さっきの浪人は何者だ？」

「知りません」

「これ以上、話しても無駄だ」

伊十郎は部屋を出ようとした。

「井原さま」

円蔵が鋭い声を発した。

「どうぞ、お戻りくださいませ」

「話す気になったか」

「その前に、井原さまの狙いを教えてください。まやかしの吾助の行方ですか。それとも、香枕を持ち込んだ者の名、そしてその出どころでございましょうか」

「それともうひとつ、さっきの浪人に絡む件だ」

「わかりました。どうぞ、お戻りください」

円蔵は頭を下げて言う。

伊十郎は元の場所に座り直した。

「まやかしの吾助に香枕を盗ませたのは、円蔵、おまえだ。違うか」

「そのとおりでございます」

「ほう認めたか」

「はい。井原さまには敵いません」

「どこから盗んだのだ？」

「さる大名家でございます。まやかしの吾助が骨董商人に化けて、お屋敷に乗り込み、百両で買い取ると話をつけました。品物を先に受け取り、手下が香枕を持って引き上げたあと、まやかしの吾助がいざ金を払う段になって厠に立って、そのまま雲隠れするというのが手でございます」

「なるほど。その大名家は世間体を考えて訴えて出ず、泣き寝入りをしているというわけか」

「さようで」

「内山家にも、もちろん、盗品であるとは話していないのだな」

「もちろんでございます。奥方が寝るときに使うものですから、内山さまの屋敷にあることは誰にも気づかれませぬ」

「なるほど」

「まやかしの吾助の行方はわかりませぬ。向こうからやって来るだけですから」

「連絡し合う手段はあるはずだ」

「それは……」

円蔵は困惑した。

「まあよい。では、さっきの浪人の件だ。そなたが雇ったのだな」

「頼まれたのでございます」

「頼んだのは誰だ?」

「まやかしの吾助の手の者にございます」

「まやかしの吾助だと?　なぜ、まやかしの吾助が源助を始末しようとしたのだ？」

「私にはわかりません。ただ、腕の立つ浪人を世話してくれと頼まれて、たまたま刀を質入れに来た浪人に口をきいただけのことでございます」

「浅吉という男を知っているか」

「いえ、知りません」

「二十七、八。細身で、尖った顎をした男だ」

そう言ったあとで、まやかしの吾助といっしょに『後藤屋』に現れた男のことが脳裏を掠めた。

「まやかしの吾助に会わせてくれ」

伊十郎が言うと、円蔵は表情を曇らせた。

「連絡の手段があるのであろう。こっちが知りたいのは浅吉の行方だ。まやかしの吾助をお縄にかけようとは思わぬ。約束する」

「わかりました。信用しましょう。では、連絡をしておきます。たぶん、使いの者がお屋敷にお伺いすると思いますが」

「頼んだ」

伊十郎は腰を浮かせた。

「井原さま。香枕の件は？」

「俺の関心は浅吉だけだ。さっきいろいろきいた件は忘れた。もういい」

円蔵は静かに頭を下げた。

外に出たとき、辺りは薄暗くなっていた。油堀川を大川に向かう船の提灯(ちょうちん)の灯(ひ)が川面(かわも)に映っている。

永代橋を渡り、鎧河岸までやって来た。『おせん』の赤提灯が輝いていた。

戸を開けて中を覗くと、辰三と松助の顔があった。

大刀を外し、伊十郎は土間に足を踏み入れた。

「いらっしゃいまし」

小女が元気のよい声で迎えた。

「旦那。お待ちしておりました」

松助が待ちかねたように言った。

「なんだ、茶か」

ふたりの前に置いてある湯呑みは茶だった。

「旦那が来てからと思いましてね」

辰三が舌なめずりして言う。

「さっさと頼め」

「へい」

辰三は女将を呼んだ。

「旦那。いらっしゃいまし」

おせんが愛嬌(あいきょう)のある笑みを浮かべた。

「雇ったのか」

他の客に酒を運んで行く小女に目をやって、伊十郎はきいた。

「はい。おかげで助かります」

「繁盛しているのはいいことだ」

「酒を頼む」

辰三が言う。

「はい」

おせんが去ってから、松助が身を乗り出し、

「旦那。あの浪人、佐賀町の外れにある長屋に入って行きましたぜ」

「永代橋を渡ったのかと思っていたが、佐賀町に住んでいたのか」

「それが、病気の妻女を抱えている身でした」

「病気の妻女……」

伊十郎は心が曇った。

「そうか。そういう事情を抱えているのか」

薬代のために、刺客の仕事を引き受けたのだろうか。仕事に失敗したのだから、

報酬はもらえなかったのかもしれない。

「名は？」

「小柳格三郎（こやなぎかくさぶろう）です。西国の藩の浪人だそうです」

「で、妻女の病気はどうなのだ？」

「寝たり起きたりだそうですが、すぐに命に関わるような病気ではないようです」

「そうか。それはよかった」

酒が運ばれて来た。

「辰三のほうはどうだ？」

「へえ。『山形屋』の主人がお久の亡骸（なきがら）を引き取り、供養するということでした。親元のほうには、『山形屋』から知らせるってことです」

何年か働いてくれた女中ですからと言ってました。

「そうか。お久も哀れだ」

伊十郎はしんみりと呟いた。

余命半年のお幸にも、亭主の由吉のことを話さねばならない。どうして、こうも辛いことが多いのだと、伊十郎は深いため息をついた。

せめて、源助とお咲だけはなんとかしてやりたい。今夜の酒は妙に寂しく心に染みた。

四

翌朝、伊十郎が湯屋から戻り、朝餉をとり終わったあと、髪結いが待っている濡縁に向かいかけたとき、半太郎がやって来た。

「旦那さま。お客人です」

「なに」

伊十郎は眼を輝かせた。

百合がやって来たのだと思って飛んで行こうとすると、半太郎が押しとどめた。

「百合さまではありませぬ」

「なんだ」

伊十郎はがっかりした。

「まやかしの吾助の使いの者だと申しております」

「なに、まやかしの吾助だと。松助、こっちに連れて来い」

と、伊十郎は庭にいた松助に声をかけた。

「へい」

松助が門のほうに向かった。

すぐにでも飛んで行こうとした自分を恥じるように、伊十郎は濡縁に出て待った。

四十ぐらいと思える紺の股引(ももひき)きに茶の着物を尻端折(しりはしょ)りした男が松助に連れられてやって来た。

「吾助の使いだそうだな」

伊十郎は声をかけた。

「はい」

「きのうのきょうとはずいぶん早いな」

「たまたま、吾助が『最古堂』に立ち寄りましたら、井原の旦那が会いたがっていると聞かされたそうにございます」

「そうか」

「吾助の言づけにございます。井原さまの指定された時間と場所にお伺いするとのことでございました」

「そうか。では、きょうの七つ（午後四時）に思案橋で会いたいと伝えてもらいたい」

「はい。畏まりました。では、私はこれで」

使いの者が去って行く後ろ姿を、伊十郎は見入った。足の運びはただ者ではない。そう思った刹那、伊十郎は持っていた扇子を男目掛けて投げつけた。

扇子は生を受けたようにまっすぐ的確に男の背中を目掛け、矢のように飛んで行った。あっと、松助が声を上げた。

だが、男はすっと体を横にずらした。その脇を扇子が飛んで行った。いつ摑んだのか気づかないうちに、扇子は男の手に握られていた。

男はゆっくり引き返して来た。濡縁に立っている伊十郎に扇子を差しだした。

「たいした腕だ」

扇子を受け取って、伊十郎は称賛する。

「恐れ入ります」

会釈をし、男は踵を返した。

その背中に向かって、伊十郎は言い放った。

「まやかしの吾助、七つに待っているぞ」

男の足が一瞬、止まった。

が、すぐ男は去って行った。

「あの男が吾助ですか」

松助が驚いたようにきいた。

「間違いない。眼光の鋭さ。足の運び。ただ者ではない。それでためしたが、見事な技だ。いったい、どんな素性なのか」

伊十郎は改めてまやかしの吾助に興味を持った。


それから、伊十郎は出仕して、高木文左衛門に内山多門の用人と会ったことを報告したあと、奉行所を出た。

自分の思い違いだったことを伝えると、文左衛門は不思議そうな顔をしていたが、しいて深く詮索してこなかった。

伊十郎はまっすぐ日本橋高砂町の町医者のところに向かった。

源助は起き上がれるようになっていた。まだ、激しい動きには激痛が走るが、おとなしくしていればなんともないということで、きょうあたり長屋に帰ろうと思うと言った。

「長屋に戻っても無理するな。勝手に調べに行こうとするな」

伊十郎は釘(くぎ)を刺した。

「わかっております。いまのあっしには、どこをどう探していいのか見当もつきません」

「源助。お咲の居場所がわかった」

「えっ、ほんとうですかえ」

昂奮(こうふん)したとたんに痛みが走ったのか、源助はうっと呻(うめ)いた。

「だいじょうぶか」

「へい。で、お咲さんはどこに？」

「落ち着いて聞くんだ。よいな」

「へい」

源助は緊張した顔をした。

「お咲は深川仲町の『大霧家』という娼家にいる」

「げっ。娼家ですって」

源助はのけぞらんばかりに驚愕(きょうがく)した。

「どうして、そんなことに？　まさか、浅吉が……」

「そうだ。浅吉は博打に手を出した。最後は、お咲を形にしたそうだ」

「ちくしょう。なんてこった。何のために、俺は七年間も苦労してきたんだ」

源助は悔し涙を流した。

「源助。ものは考えようだ。お咲は元気だ。これからはおめえがお咲を支えてやるんだ」

「それにしても、浅吉の野郎は許せねえ。旦那、浅吉を見つけてくれ」

「浅吉に会ったらどうするつもりだ？」

「奴はお咲を売り飛ばしたばかりじゃねえ。俺まで殺そうとした。裏切りやがった。許せねえ」

「だから、どうするつもりだ？」

「………」

「殺すつもりか」

源助ははっとした。

「殺したら、誰がお咲さんを助けてやれるのだ」

源助は肩を落とした。

「それに、この件に関してはおめえにも責任があるんだ。なぜ、浅吉が博打に走ったのか考えてみろ」

源助は訝しげな顔を向けた。

「お咲はおめえのことが忘れられなかったそうだ。浅吉にしてみれば、所帯を持ったもののお咲の心はおめえに向いている。かみさんは人形のようなものだ。浅吉の心になってみろ。だんだん自棄になって、心が荒んで行くのは無理ねえと思わねえか」

源助は苦しそうに呻いた。

「おまえはお咲の心を知りながら、浅吉のために身を引いた。それが、ふたりを不幸にしてしまったんだ。わかるか。元はといえば、おまえのつまらねえ義侠心が蒔いた種なんだ。そのおめえに浅吉を責める資格はねえ」

伊十郎は乱暴に言った。

「七年前の浅吉の博打の始末のつけかたは他にもっと方法があったはずだ」

「旦那。あっしはなんてばかだったんだ」

源助はうなだれた体を震わせていた。

七つ前に、伊十郎は思案橋にやって来た。

橋の上には誰もいない。橋の袂で立ち止まると、ふと、向こうから俳諧師か茶人のように宗匠頭巾をかぶった男が橋を渡って来た。

宗匠頭巾の男が伊十郎の前に立った。

「吾助か」

「はい。朝方は失礼いたしました」

「円蔵とは古いのか」

「長いつきあいでございます。あのような者が控えておりますので、私の仕事も成り立ちます」

「おまえたちが、『後藤屋』から西陣織の反物をだまし取ったとか、そんなことに興味はない。浅吉に会いたい」

「はて、浅吉とは?」

「とぼけても無駄だ。おまえといっしょに『後藤屋』に乗り込んだ男だ」

「会って、どうなされますか」

「俺は何もせぬ。源助という男に会わせたいだけだ。七年前、源助は浅吉のために江戸を売ったのだ。その源助がここで浅吉と再会することになっていた。だが、浅吉は源助の前に顔を出すどころか、浪人者を使って源助を殺そうとした」

「浅吉が……」

「とぼけるな。おめえが、円蔵に浪人を世話してもらうように頼んでやったのではないのか」

「………」

「浅吉は自分の女房を博打の形に売り飛ばした。二度までも源助を裏切るというのは腐った野郎だ」

「そのことは知りませんでした。いえ、ほんとうでございます。浪人を雇うぐらいは、なにも私を通すまでもありません。浅吉は私に内緒でやったのでありましょう。よございます。浅吉に会わせましょう」

「うむ。浅吉とはどういう関係なのだ?」

「五年ほど前、私の前に追剝(おいはぎ)が現れました。それが浅吉でした。まあ、諭して、私の手に加えた次第です。私は、手下にはいっさいの殺生、乱暴狼藉(ろうぜき)を禁じております。それを破った者は仲間から外すと言い含めてあります。だから、円蔵に頼んだのでしょう」

「そなたの話、信じよう。では、明日の同じ時刻、七つにここに浅吉を連れて来てくれ。俺も介添えとして源助といっしょに来る」

「わかりました」

「では、明日」

伊十郎が去ろうとしたとき、吾助が声をかけた。

「井原さま」

伊十郎は足を止めた。

「なんだ?」

「つかぬことをお伺いいたしますが、近頃、世間を騒がせている『ほたる火』のことですが……」

「なに、『ほたる火』?」

「はい。あの『ほたる火』の正体について何かわかっておりましょうか」

「いや。何もわからぬ。ただ……」

「ただ、なんでございますか」

女だと言おうとしたが、思い止(とど)まった。

「いや、なんでもない。なぜ、『ほたる火』を気にする?」

「私は、一度、ある場所で塀を乗り越える盗賊を見かけたことがあります。おそらく、あれが噂の『ほたる火』かと思ったのですが……」

　吾助は言いよどんでから、まっすぐ伊十郎を見つめ、

「ひょっとして、『ほたる火』は女ではないかと」

　と、伊十郎の反応を窺った。

「なぜ、そう思うのだ?」

「いえ……」

「そうだ。『ほたる火』は女だ」

「えっ」

　吾助は目を見開いた。

「吾助。何か心当たりがあるのか」

「いいえ、なんにも。どうも、お引き止めして失礼いたしました」

　吾助は逃げるように去って行った。

　何かあるな、と伊十郎は吾助の背中をずっと見つめていた。

翌日の七つ前、伊十郎は源助を駕籠(かご)で思案橋まで連れて来た。激しい動きは傷口に障るが、ゆっくりなら歩ける。

「俺はここにいる。おまえは橋の上で待て」

伊十郎は橋の袂で言った。

「ほんとうに浅吉は来るんでしょうか」

源助が不安そうにきいた。どんよりと曇った空だ。それが、源助を不安にさせたのか。

「来る。間違いない」

伊十郎は励ますように言った。

頷き、源助はゆっくりと橋の真ん中に向かった。

それからほどなく、ますます薄暗くなった橋の向こう側の末広河岸(すえひろがし)のほうから、ふたりの男がやって来るのが目に入った。

吾助ともうひとり、二十七、八の男だ。浅吉に違いない。

橋の傍で吾助が立ち止まり、浅吉だけが橋を渡って来た。源助がよろよろと浅吉のほうに向かった。

ふたりが落ち合ったとき、いきなり浅吉が土下座をした。そんな浅吉を、源助が見下ろしている。どんな表情かは、ここからは見えない。

通行人がその横を不思議そうに見て通った。

やがて、源助がしゃがみ、浅吉の肩に手をおいた。浅吉が泣いているのがわかった。

橋をはさんで吾助と目が合った。

もう、心配はいらないと、伊十郎は松助とともに鎧河岸に足を向けた。

まだ暖簾が出ていない『おせん』の前を通り、伊十郎は永代橋を渡った。

松助の案内で、佐賀町の長屋に入って行く。松助が指さした家からちょうど浪人が出て来た。

例の侍だ。伊十郎の顔を見て、あっと口を半開きにした。そして、悄然と肩を落とした。

すぐ家に戻り、「ちょっと出かけて来る」という声がして、再び浪人は姿を現した。家の中から、女の咳き込む声が聞こえた。

浪人はつらそうに顔を歪めた。

伊十郎は井戸端に浪人を誘った。この時間、長屋の住人は誰も外に出ていなかった。

「小柳どのか」

伊十郎は声をかけた。

「さようでござる。お手数をおかけしました」

「源助はもう回復するでしょう。今後は、ご妻女のためにも危ない仕事に手を出してはなりませんぞ。そのことを伝えに参っただけです。では」

伊十郎は踵を返した。

木戸口で振り返ると、小柳格三郎はまだ深々と腰を折って頭を下げていた。

五

数日後の夕方、伊十郎が奉行所から屋敷に戻ると、若党の半太郎が木戸門の傍で待っていた。

「どうしたんだ？」

伊十郎が訝ってきいた。

「百合さまがお見えです」

「なに、百合どのが」

伊十郎は部屋に駆け上がった。奥の部屋に、百合は静かに佇（たたず）んでいた。春の桜と秋の紅葉がいっしょに咲き誇ったような上品な美しさと華やかさに、伊十郎は腰が抜けたようにしゃがみ込んだ。

「ようお出でなされました」

伊十郎はやっと声を張り上げた。

「お仕事、ごくろうさまにございます」

百合は優雅に微笑んだ。

「では、私はこれで」

百合が立ち上がった。

「えっ、もうお帰りになられるのですか」

「はい。高木さまのお屋敷に参ったついでに寄ったまで」

「私は会いたくて、待ち焦（こ）がれていたのに」

伊十郎の内部で何かが弾（はじ）けた。

いきなり立ち上がり、伊十郎は百合の前に立ちふさがった。

「帰しませぬ。百合どのは私の妻になる御方。帰しませぬ」

「お退（ど）きになって」

百合は目を見開いた。こんな反撃に遭うとは思っていなかったのだろう。

「退きませぬ。半太郎」

伊十郎は若党の半太郎を呼んだ。

何事かと、半太郎が飛んで来た。

「何か」

「これから高木さまのお屋敷に行き、百合どのは井原伊十郎の屋敷で過ごされるとお伝え申して来い」

「えっ、よろしいのでしょうか」

半太郎は百合の顔色を窺った。

「構わぬ。行け」

伊十郎は強引に命じた。

百合は怒ったようにつんとし、元の場所に座った。

「百合どの」

どう機嫌を取り結ぶか、伊十郎は頭を悩ました。

さらに数日後、伊十郎は町廻りの途中、行徳河岸に足を向けた。

船荷の積み下ろしをしている人足の中に、源助を見つけた。源助は再び、行徳河岸で荷役をするようになったのだ。

まやかしの吾助がお咲を身請けしてくれたという。源助とお咲が再会した場面は見ていないが、しみじみよかったと伊十郎はふたりのために喜んだ。一方、浅吉は反省して、飾り職人の修業をやり直すため京へ上ったという。

ふと、源助が伊十郎に気づいて近づいて来た。

「旦那、その節はいろいろありがとうございました。旦那のおかげで、こうして……」

源助が涙ぐんだ。

「なあに、おめえの思いが通じたのよ。で、お咲さんはどうしているね」

「へい。いまは一日置きに、猿江村に行っています。お幸さんの看病をしてやりたいっていうんで」

「そうか。それはいい。お幸も喜んでいるだろう」

「落ち着いたら、改めてお咲とふたりで御礼にあがります」

「そんなこと、気にせんでいい」

伊十郎は笑って答える。

「じゃあ、あっしはまだ仕事がありますんで」

源助が戻って行った。

「旦那も欲がねえですね」

松助が苦笑した。

「何がだ？」

「まやかしの吾助のことや、小柳格三郎の件、おまけに源助は七年前の強盗……」

「よせ。俺たちの仕事は罪人を作ることではない。みんなの仕合わせを守ることだ。手柄より、それが第一」

「まあ、それが旦那のいいところですがね」

松助は微笑んだ。

「ところで、幸之助はどうなりますね。やはり死罪になりそうですかえ」

松助が真顔になってきいた。

「いや、ふたりの死にかかわっているが、直接手を下したわけではない。女中のお久の亡骸を隠した罪は重いが、改悛の情があるから、遠島ですむのではないか」

「旦那の温情のおかげですね」

「俺は何もしていないぜ」

ふたりの足は浜町堀のほうに向かっていた。

「それより、旦那。また、『ほたる火』が現れたそうですね」

「三日前に本郷の紙問屋で三十両が盗まれた件だな」

「へえ。しばらく鳴りを潜めていましたが、またぞろ、活動をはじめたようですね」

足が治ったのだろう、と伊十郎は思った。

ふと、気づくと、高砂町にやって来ていた。松助をなんとか撒いて、おふじの家に寄りたいと思っていると、前を行く女に目が引き寄せられた。

おふじだ。これから、家に帰るところのようだ。軽快な足取りで、駒下駄を鳴らしている。足首の白さが目に飛び込んだ。

おふじも足が治ったのだろう。そう思ったとき、心に引っかかるものがあったが、それが何かわからなかった。

幸之助とお久の仲がわかったのも、おふじの示唆があったからだ。ひと言、礼を言いたい。なんとか松助をごまかしておふじのところに行けないものかと思案していると、辰三の声が聞こえた。

「旦那」

辰三が駆けて来た。

「旦那。ゆうべ、本町一丁目の酒問屋に『ほたる火』が現れました」

「なに」

おふじの足首の白さを思いだして、内心で舌打ちした。

「旦那。行きましょう」

松助が辰三といっしょに走り出した。

仕方ないと気を取り直して、本町に向かいながら、伊十郎は手のひらに『ほたる火』の乳房の感触を蘇らせていた。

解　説

細谷正充

小杉健治は時代小説を出版している、すべての文庫レーベルを制覇しようとしているのではないか。というのは冗談だが、もしかしたらという気持ちもある。なぜなら本当に多数の文庫レーベルで、時代小説を刊行しているのだ。その作者が、ついにコスミック時代文庫で新たな著書を刊行した。本文庫初登場なので、最初に作者の経歴を記しておこう。

小杉健治は、一九四七年、東京都墨田区に生まれる。コンピューター専門学校卒業後、プログラマーとなった。一九八三年、第二十二回オール讀物推理小説新人賞を「原島弁護士の処置」（現「原島弁護士の愛と悲しみ」）で受賞し、作家デビューを果たす。以後、ミステリー作家として活躍。一九八七年に『絆』で、第四十一回日本推理作家協会賞長編部門を、一九九〇年には『土俵を走る殺意』で、第十一回吉川英治文学新人賞を受賞した。また、丘みつ子主演の「女弁護士水城邦子」シリーズを始め、テレビドラマ化された作品も多い。

旺盛にミステリーを発表する一方、一九八九年には、明治期の向島花街を舞台にした『向島物語』を刊行。ちなみに本の「あとがき」で、

「新派の舞台の雰囲気と、小唄三味線の音から広がる江戸情緒の世界と、自分が向島に生まれ下町に育ったという感性を頼りに書いた明治ということになる」

と書かれている。作者は蓼派の小唄と三味線を習っており、自分の生まれ育ちや体験を足掛かりとして、過去に遡ったのだろう。一九九五年に『向島物語』の姉妹篇となる『花の堤　新・向島物語』（現『墨田川浮世桜』）を経て、一九九七年には初めて江戸を舞台にした『元禄町人武士』（現『大江戸人情絵巻　御家人月十郎』）を刊行。ゆっくりとしたペースで、時代小説も執筆するようになった。

そんな作者が『白頭巾　月下の剣』『翁面の刺客』を経て、文庫書き下ろし時代小説のシリーズを本格的に開始したのは、二〇〇四年のことである。この年の

九月に祥伝社文庫から「風烈廻り与力・青柳剣一郎」シリーズ第一弾『札差殺し』、十一月にハルキ時代小説文庫から「三人佐平次捕物帳」シリーズ第一弾『地獄小僧』を出版。以後、各社から、次々と文庫書き下ろし時代小説のシリーズを刊行するようになったのである。

ここから本書『縁談　春待ち同心（一）』の内容に入っていこう。とはいえ事前に知ってもらいたい点が幾つかある。まず本書は、新刊であるが新作ではない。二〇一二年六月にハルキ時代小説文庫で刊行された、『縁談　独り身同心（一）』の大幅な加筆修正版である。さらにいうと本書の主人公の北町奉行所定町廻り同心・井原伊十郎は、「三人佐平次捕物帳」の脇役であった。シリーズ最終巻の解説を私が担当しているのだが、物語の設定を簡単に説明しているので引用させていただこう。

「権力を笠に着た岡っ引きの悪評を憂いていた北町奉行所定町廻り同心の井原伊十郎は、とんでもない一計を案じる。庶民の理想とする岡っ引きを創り上げ、岡っ引きの評判を上げようというのだ。そのため白羽の矢が立てられたのが、美人局の罪で捕まえた三兄弟だ。頭は切れるが悪人顔の平助、怪力の次助、気弱だが美貌の持ち主の佐助。誰もがそれぞれ取り柄がある。ならば佐助を親分に仕立てて、平助と次助が子分として脇を固めればいいのではないか。かくして忽然と〝佐平次親分〟という岡っ引きが誕生したのである。硬い絆で結ばれた三兄弟は、最初こそ嫌々だったが、次々と難事件を解決し、その名望を高めていく――」

そう、伊十郎は佐平次親分を密かにプロデュースした、重要人物なのである。ところが佐平次の人気に嫉妬したり、気持ちを腐らせたりと、人間臭い面を持っていた。まあ、最後には新たな道を歩もうとする三人佐平次を快く送り出し、自分も心を入れ替えて、大団円を迎えたのである。

そんな伊十郎が主人公になったのだから、「三人佐平次」シリーズを知っている読者なら最初から興味津々。もちろん何も知らなくても、存分に作品を味わうことができるので安心していただきたい。

さて、もう少し主人公のキャラクターを紹介しよう。井原伊十郎は三十三歳。梶派一刀流の免許皆伝で、同心としても有能である。なかなかの男前で、水商売の女・妾・後家といった、男を知っている女性にもてるが、それで問題を起こすこともある。

そんな伊十郎に、上役の年番方与力・高木文左衛門から縁談話が持ち込まれた。相手は五百石取りの旗本・柳本家の息女の百合だ。身分が釣り合わないが、百合は出戻りとのこと。そこに何らかの原因があって押し付けられようとしているのか。勝手に思い込んで、角が立たないように断ろうとする伊十郎だが、自宅を訪れた百合の美貌に一目惚れ。夫婦になることに、大いに乗り気になった。ところが、その少し後に、妖艶な魅力を漂わせる音曲の師匠のおふじと知り合う。積極的な態度のおふじに、まんざらでもない伊十郎。タイプの違う美女二人の間で、彼の心は揺れるのだった。

と、いきなり私生活が賑やかになった主人公だが、事件の方も盛りだくさんだ。夜道を歩いていた伊十郎は、江戸を騒がせる盗人『ほたる火』らしき人物と遭遇する。残念ながら取り逃がすが、胸を摑んだときに相手が女性であることが判明。ことあるごとにその感触を思い出す。その後、『ほたる火』が侵入したらしい大伝馬町の下駄問屋『山形屋』に話を聞いたことで、土蔵から百両が盗まれていたことが分かった。だが、そのことに気づいた番頭の幸之助の様子がおかしい。さっそく幸之助を調べ始めた伊十郎は、意外な真実を暴くのだった。

幸之助の一件を鮮やかに解決し、さらに罪を憎んで人を憎まずの精神で丸く収める。なるほど、まず第一章で伊十郎の魅力を読者に伝えたのか。ベテラン作家らしい見事な構成である。と思っていたら、ストーリーが進行すると、事件が蒸し返されることになる。

その他にも、旗本家を騙った商家に対する詐欺事件や、浪人者に襲われた源助という男の一件など、複数の事件が並走する。作者が凄いのは、当初は別々に見えた各事件を、複雑に関係させたことだ。ミステリーの手法としては珍しくないが、物語の捌き方が達者で、あの事件とこの事件は、その人物でリンクするのかと、何度も驚かされた。現在でも時代小説の傍ら、年に一、二冊はミステリーを刊行する作者の手腕が十全に発揮されているのだ。

もうひとつ、ラストで伊十郎がいうセリフに注目したい。幾つかの罪を見逃した伊十郎に小者の松助が、「旦那も欲がねえですね」といわれると、

「よせ。俺たちの仕事は罪人を作ることではない。みんなの仕合わせを守ることだ。手柄より、それが第一」

と答えるのである。このセリフで思い出したのが、野村胡堂が「銭形平次捕物

控」シリーズを書き始めるときに留意したという指針のひとつである「容易に罪人をつくらないこと」だ。胡堂は他にも幾つかのマイ・ルールを決め、善意の罪人を許すことのできる〝法の無何有郷（ユートピア）〟としての江戸を創り上げたのである。その胡堂以来、連綿と続く捕物帳の世界がここにある。だから私たちは気持ちよく〝法の無何有郷〟で、遊ぶことができるのだ。

『ほたる火』は何者か、それぞれ訳ありらしい百合とおふじのどちらを伊十郎は選ぶのか。この二点が、シリーズを貫く柱となっている。各巻で繰り広げられる事件も、本書と同じく面白い。「独り身同心」から「春待ち同心」にリニューアルしたシリーズは、これから続々とコスミック時代文庫から刊行される予定である。伊十郎の捕物と恋の行方を、最後まで楽しんでいただきたい。

（ほそや・まさみつ　文芸評論家）

コスミック・時代文庫

春待ち同心【一】
縁談

2024年 7 月25日　初版発行
2024年11月16日　3刷発行

【著 者】
小杉健治

【発行者】
松岡太朗

【発 行】
株式会社コスミック出版
〒154-0002 東京都世田谷区下馬 6-15-4
代表　TEL.03(5432)7081
営業　TEL.03(5432)7084
　　　FAX.03(5432)7088
編集　TEL.03(5432)7086
　　　FAX.03(5432)7090

【ホームページ】
https://www.cosmicpub.com/

【振替口座】
00110 - 8 - 611382

【印刷／製本】
中央精版印刷株式会社

ISBN978-4-7747-6578-5 C0193